U0119498

現代文學系列 27

佐藤寬子的
宰相夫人秘錄

佐藤寬子 著
陳鵬仁 譯著

博客思出版社

陳鵬仁仁兄

惠存

佐藤信二

一九九九 十一、四廿の

在尼克森總統的派對（1969年11月；白宮）

在「蔣介石先生彰顯會」與岸信介先生（1986年9月；東京）

元旦在首相公邸

「請吃巧克力糖」在箱根十国峠（1969年1月）

在千曲川河邊（1969年8月）

「宰相夫人秘錄」出版
派對席上（1974年10月）

陳鵬仁與許水德院長

哥倫比亞大學（與小淵惠三前首相）

陳鵬仁與小淵夫人（千鶴子女士）

青森蘋果園（與馬樹禮先生）

陳鵬仁與小淵優子眾議員（2014.8）

1969年5月，在參議院議長公邸茶會（左佐藤榮作，右岸信介）
（攝影相片提供者為石井幸之助）

佐藤夫人贈送小淵之鐵牛

陳鵬仁與佐藤首相看張大千畫展

陳鵬仁與佐藤首相看張大千畫展

·譯者的話

陳鵬仁

我自已開始寫文章翻譯書，前後達六十五年，出版專書超過一百七十本。其中三本是女性的著作。一本是犬養道子的《千金流浪記》，由香港旅行雜誌社出版，後來有水牛版。《千金流浪記》是戰後日本最暢銷的一本書。犬養道子曾經是佐藤首相的女性早餐會成員。她是在一九三二年五·一五事件，在首相官邸被青年軍官槍殺的犬養毅首相孫女；也是一九五四年四月二十一日，奉吉田茂首相指示，以法務大臣身分，命令檢察總長不得逮捕自由黨佐藤榮作幹事長之犬養健千金。下達命令的犬養健，隔天辭去法相。犬養道子今年九十四歲，住在巴黎，她是哈佛大學名譽博士和哈佛大學等最高學府的客座教授。

第二本書是向田邦子之《父親的道歉信》。向田邦子得過日本最著名的文學獎：直木獎，一九八一年來臺灣旅遊和訪問，搭遠東航空公司班機在三義失事與世長辭。和犬養道子一樣，她沒有結婚。她的著作，在今日日本仍然極為大家喜愛。

第三本書是最近剛去世沒有多久的馳名歌星、電影明星，戰後擔任十八年參議院議員的山口淑子也就是李香蘭自傳。由商務印書館發行。

著實，我這一次翻譯佐藤首相夫人佐藤寬子秘錄，深深感覺寬子夫人是一位浪漫的文學少女。與沈默寡言的佐藤榮作個性完全相反。秘錄最後面提到，寬子覺得她先生「好可惡」要辭去首相那一天，都沒告訴她。她看到電視紐司才知道她先生要「鞠躬下台」。那是因為寬子夫人非常多嘴，不能事先告訴她，告訴她會像「廣播電台」馬上傳出去。難怪她先生要諄諄告誡她不要多嘴，話說得愈少愈好。正如西諺所說「沈默是金，雄辯是銀」。

現在還沒有談本書所提到各種人物之前，我想先來談談佐藤榮作這個人。因為本書所描繪的人和事，絕大多數是來自她先生佐藤榮作的關係。

我第一次看到佐藤榮作是五十一年前的事。那是一九六三年十一月，我的難兄難弟小淵惠三競選眾議院議員時，佐藤榮作專程前來群馬三區替小淵演講助選。這是小淵父親光平曾任眾議員，為佐藤的同志所致。秘錄也提到小淵光平。

小淵當選時是二十六歲，與同時當選的橋本龍太郎一樣，為日本歷史上最年輕的眾議員。小淵後來出任首相，十五年前病逝，千金優子繼承，同樣二十六歲當選眾議員，三十五歲出任少子化大臣，為日本史上最年輕的大臣。今年九月出任經濟產業大臣，惟因其選區後援會政治資金出問題，她負起政治責任辭職。但她今年才四十歲，好好努力奮鬥，將來很可能成為「日本的柴契爾夫人」，為日本第一位女首相。

第二次我看到佐藤榮作是一九六七年十一月，他訪美和詹森總統談歸還小笠原諸島和「兩三年內歸還琉球」的時候，佐藤順便到紐約哥倫比亞大學接受名譽博士學位的頒授。當時我參加了這個典禮。哥大左派學生反越戰，因佐藤支持越戰，他們便喊叫「Sato must go! Sato must go!」我默默送佐藤上車，他上車前我為他拍了一張照片，寄給小淵恵三，請他轉給佐藤榮作。他有沒有轉交佐藤，我忘了問小淵。

我第三次見到佐藤榮作是我在亞東關係協會東京辦事處僑務組長的時候。我陪他在銀座畫廊欣賞了張大千畫展，照了幾張照片。

至於佐藤夫人，我只見過她一次，是在馬樹禮代表要調回國內的惜別大會席上，佐藤夫人代表佐藤榮作來參加該會。其詳細，馬夫人在追悼佐藤夫人文中有說明。

佐藤首相夫人秘錄所提到的人和事，好多人是我所熟悉的。以下我想按照出現順序來介紹或解釋。首先是岸信介（一八九六~一九八七）。我和他見過好幾次面。一九八六年九月四日，在東京舉行老總統百年誕辰紀念會時，岸信介、灘尾弘吉等許多日本國會議員前來恭襄盛舉，灘尾前眾議院議長正式致詞，我方代表致詞的是孔德成考試院長，皆由我口譯。岸信介帶領大家一起乾杯。有一次，岸信介請我們亞東關係協會同仁到他擔任理事長的嵐山球場打高爾夫球。這是同仁的聯誼，也是比賽，但岸信介卻賞我們每一個人「優勝杯」帶回家，真是皆大歡喜。岸信介擔任過首相，也是戰後第一位現任首相訪問中華民國的。岸信介和佐藤榮作是唯一雙雙出任日本首相的親兄弟。

吉田茂（一八七八～一九六七）是提拔佐藤榮作的真正恩人。他是外交官出身的首相，對戰後日本之復興有極大貢獻。去世時舉行國葬。我譯過吉田茂的《決定日本的一百年》一書，此書由致良出版社出版。

現在來談談文人。佐藤夫人談得最多的是西條八十、川端康成和三島由紀夫三個人。西條八十（一八九二～一九七〇）曾任早稻田大學法文教授，非常馳名的詩人，極欣賞文學少女的佐藤寬子，這從西條八十寫給她的「情書」可以窺悉。有《西條八十全集》十八卷。一九九三年，由圖書刊行會發行。川端康成（一八九九～一九七二），一高、東京帝國大學出身的文學家，一九六八年獲頒諾貝爾文學獎。川端之所以能夠得到諾貝爾文學獎，賽田斯蒂卡的英文翻譯貢獻很大。賽田斯蒂卡曾任密歇根大學日本文學教授，前幾年轉到哥倫比亞大學。在東京，我和他一起開過幾次座談會。川端康成是瓦斯自殺的。《川端康成全集》三十七卷，由新潮社出版。

三島由紀夫（一九二五～一九七〇），原名平岡公威。東京帝國大學法學部出身。他在大學生時代，二次大戰末期，曾被動員到神奈縣高座海軍工廠服務。我自已是高座的成員。

戰後第二年，他考取高考，進大藏省（財政部）工作。

他六、七歲時就開始寫文章，後來辭去公務員，專心寫作小說、戲劇和評論，也練劍道，上電影，在自衛隊受過訓練，多才多藝，算是川端康成的徒弟。他的作品好幾部拍成電影。一九七〇年十一月二十五日，三島切腹自殺，四十五歲。「三島由紀夫全集」一共三十五卷，他在日本文學史上是不朽的。

我曾經翻譯過美國前哥倫比亞大學教授基恩（Donald Keene）論川端康成和三島由紀夫的作品。這兩篇評論，前者刊登於中央日報副刊；後者刊載於青年日報副刊。這兩篇評論，收在我的《近代日本的作家與作品》一書，此書係由致良出版社出版。基恩教授三年前歸化日本，他是世界性的日本文學權威。四十多年前，我在哥倫比亞大學留學時，曾應其邀約，到他家裡吃過飯。

佐藤首相寬子夫人在其秘錄所提到的人物，實在太多了。其中，我認識或見過面談過話的有田中角榮前首相、福田赳夫前首相、三木武夫前首相、加瀨俊一前駐聯合國大使、自民黨副總裁川島正次郎、石井光次郎副首相、社會黨岸山哲內閣之西尾末廣官房長官、池田行彥前外相、秦野章法相，橋本登美三郎建設大臣、佐藤信二通產大臣：田中六助前自民黨幹事長、北澤直吉內閣官房副長官、松野賴三勞動大臣等等。

文人有北條誠是著名的小說家、戲劇作家；是林金生好友，林懷民之雲門舞集在日本之順利演出，北城誠出過力，我和他也有過互動。今日出海、安岡正篤、黛敏郎、蠟山政道、土屋清、稻葉秀三、木內信胤、竹山道雄、高坂正堯、村松剛、石原慎太郎、三船敏郎，小澤征爾、森繁久彌等等。其中幾個人我想特別介紹一下。

安岡正篤在日本被尊為國學大師，漢學權威。昭和天皇之二次大戰降書是他修改的。他有全國師友會這個組織，發行《師與友》月刊，我在這個刊物發表過幾篇譯作。我所譯錢穆文章就發表在這裡。他曾請蔣老總統最信任，為蔣經國稱兄道弟的王新衡去東京作專題演講，馬樹禮代表特地請我替他的演講口譯。我單獨和安岡談話幾次，他送過我其著作。

秦野章在橫濱左派分子非法佔據我方華僑總會和僑校時，指揮當地警察分局長因應和收拾局面的重要人物。因為他擔任過警視總監（首都警察局長），其地位僅次於警政署長。他在參議院議員時，協助我國恢復與日本斷航的最大功臣。另外，我曾代表馬樹禮去參加過秦野章母親的葬禮。

森繁久彌是日本演藝界的大老，是日本華僑聯合總會會長林以文的老朋友。每年林以文所舉辦忘年會，他一定來參加，我都跟他坐在一起。戰後森繁從滿洲回來沒有事，林以文在東京最熱鬧的新宿歌舞伎町搭起戲台開始演戲森繁就是那個時候的龍頭。

小澤征彌是世界級的管弦樂團的名指揮。四十多年前我在紐約求學時，暑假在一個日本朋友的書店兼土產品店打工。小澤征彌非常喜歡看推理小說，常常來買美國推理小說家愛拉利・克恩（Ellery Queen）的日文翻譯版推理小說。我也常常對他推薦日本人寫的其他好著作，因此那一陣子我和他有過互動。他來看佐藤首相拜託事，喊佐藤首相為「奧吉桑」是很特別的。小澤出生於東北長春，父親名字叫做開策，他是牙醫，崇拜發動九一八事變之板垣征四郎和石原莞爾，小澤之名字征爾兩個字，就是從板垣征四郎之「征」和石原莞爾之「爾」而來的。

法國文學家村松剛，在我留學東京時代就蠻熟，在紐約時我們互動蠻多，他的文章寫得非常漂流；電影界的巨星三船敏郎來參加我們的電影節時我曾和他拍過一張照片。今日出海是，莎士比亞專家、我好友福田恆存帶我去參加「二日會」時認識的。他是寬子夫人秘錄所提到之和尚作家今東光的胞弟。今日出海也是作家，曾任文部省文化廳長官。

佐藤寬子夫人於一九八七年四月十六日仙逝，八十歲。她的親朋好友寫了許多追悼文，出版專書曰《花・追想佐藤寬子》，於一九九三年三月三十一日出版。

馬樹禮夫人馬吳為琳女士所寫的追悼文，是我把它譯成日文的。可惜我現在找不到馬夫人的原稿，因此我只有再把它譯成中文。當時之許水德駐日代表，我友曾任首相之小淵惠三伉儷之追悼文，我一併譯成中文當作本書附錄。

佐藤榮作於一九七五年四月十四日，前往台北參加老總統蔣中正先生之葬禮，山中貞則和佐藤信二陪同。佐藤在其日記寫此行寫得蠻詳細。四月十七日回國。在台北期間，他和蔣夫人蔣宋美齡、蔣經國、緯國、嚴家淦，張群等見面。十七日回日本時，因國泰班機要延遲兩個小時起飛，臨時改搭新加坡航空公司班機，結果和岸信介、石井光次郎、灘尾弘吉等同一班機回日本。

又二〇〇九年七月十九日馬樹禮先生去世時，佐藤信二曾來臺北參加馬先生之葬禮。我一直覺得，人的命是註定的。寬子夫人那麼替佐藤榮作做健康管理，要吃這個那個，少吃什麼的，但佐藤先生卻虛歲七十四歲就去世⋯。我今年虛歲八十七，什麼都吃，二十多年來沒有作過健康檢查，健康得不得了。我認為，一個人只要生活正常，多餘的事情不要想，多走動（你要活，就要動，中國人說活動活動就是這個道理）便會健康。

此書雖然是佐藤榮作首相夫人寬子女士的回憶錄，惟因小淵惠三是佐藤榮作的直系徒弟，而小淵惠三又和我是「難兄難弟」，因此我把我的兩篇有關文章當作附錄供各位讀者參考。佐藤榮作之於小淵惠三，小淵惠三之與我，都是緣，都是緣分。各位朋友如能把它當成一種緣分來看看拙作，則屬萬幸。

・難忘的日子・

暗殺佐藤首相未遂始末

防彈玻璃的聲音

佐藤辭去首相，我們由永田町公邸（首相官邸中首相家族生活起居的地方；官邸本身是辦公的地方）搬回世田谷區代澤住宅，是一九七二年七月七日的事。

那一天，佐藤和我坐車抵達家門時，大約有一百個人鄰居來歡迎我們回來。他們口口聲聲說「辛苦了」，「太好了」……。頓時我感恩的眼淚流不停。

活生生地回來了；這個說法一點也不誇張，以前就很要好的店鋪老闆娘不大好意思地說：「夫人，妳不要生氣噢。我有一點覺得妳先生好像會由白匣子回來」。

瞬間我大為驚訝。身為首相夫人的七年八個月期間，最恐怖的是有一個秋天晚上的事。

日記記載說，一九七一年十月十九日，深夜刺客入侵。那一天晚上十一時稍前，佐藤和我在官邸日式房間按摩時，玻璃窗好像被什麼打得很重的樣子。

窗（窓）戶用的是防彈玻璃，這給我很不好的預感：「剛才的聲音很奇怪」，我首先大聲喊叫。按摩師來了兩位男性A氏（三十二歲），他替我先生按摩；女性S子（五十歲左右）為我按摩。他們兩個人也都說「很奇怪的聲音」。

佐藤可能因為正在舉行琉球問題的國會，很累的樣子，按摩中睡得很熟，故沒有說話。動也沒有動。

我叫來幫傭克子小姐（三十七歲）問：她說「我剛才到外面丟垃圾；是不是我蓋垃圾用入孔的聲音？」

但我相信。好像是有人打子彈，是不是丟石頭在試探？令我難安。上個月，才發生過竹入（義勝）公明黨委員長被刺傷事件。

在首相官邸犬養首相等曾被襲擊

公邸位於首相官邸的一角，為獨立的建築物，當然警備森嚴。但在我腦海裡，一直有吉凶之兆的觀念。

這裡是因五・一五（一九三二年五月十五日）事件，首相、政府要人被殺的房子。內部雖然改造過，但在那個角落，犬養毅首相被槍殺。在這個房間某某人被襲擊……。

自二・二六事件（一九三六年二月二十六日，近衛師團一千四百多名官兵叛亂，首相岡田啟介內弟被殺。我譯過岡田啟介回憶錄，將在北京社會科學文獻出版社出版……譯者）至今三十多年，沒有一個首相的家族在這裡生活過。

那一天晚上，我先生按摩稍微早一點結束；我先生一邊說「我按摩好了，給他倒一杯茶吧」，一邊走著走廊準備去隔壁臥房。

後來才知道，拿著三十公分兩刃德國刀的犯人，躲在寢室前面兩三公尺地方的屏風後面。

我的按摩師也很快就結束。但我沒有馬上去臥房，照老習慣，我去佛壇念經。

誦經完畢準備站起來的時候，聽到紙門被刺聲音。我立刻跑出去走廊。往飯廳方向一看，看到那兩個按摩師以相當緊張的表情，正在和一個陌生人講話。

往後面看看，我看到日式房間與臥房之間的紙門被穿一個洞，其下面有閃亮亮的一把短刀。「刺客！」我斷定。

我再往餐廳方向看，看到穿著粉紅色襯衫的二十七、八歲青年，站在男性按摩師後面，在跟他說話。

旋即值勤秘書城文雄桑趕來，責問這個青年：「你是誰？」勉強只有這樣盤問。我擔心我先生臥房發生什麼事……。我拼命往臥房衝過去。想開門，但可能鎖了，開不了。

「開開門，是我！」

我敲門好幾次，門開了。在裡頭的幫傭的克子桑在發抖。我遂把門鎖起來。她只說嗚、嗚、嗚……，我聽不懂她在說什麼。

旋即她喘著氣說「是夫人，太好了」。她可能以為敲門的是歹徒。

歹徒在我先生面前畏懼

此時我先生在臥房裡面說「好像歹徒闖進來了」。他沒事……，我放心了。

我綜合秘書、按摩師和幫傭的話，就此事件來作一個說明：我先生和我在按摩時聽到「班」這個玻璃聲音。那是一種誘導作戰，是可能歹徒丟了石頭。

聽到這個聲音，秘書和值勤警察出去外面查看時，歹徒可能趁此機會從後門進來，入侵廚房。走過我們在按摩的日式房間旁邊走廊，躲在靠近臥房的屏風後面，等著機會。

警備人員一再吩咐：晚間不能開後門（日本人的大房子，習慣上後門是不鎖的……譯者），那一天晚上出去丟垃圾，欠缺警覺性。

總之，歹徒突破警備闖進來了。要進入公邸，必須通過包括首相官邸之門的三個門。因警備的警察不斷地在巡視，故不可能那麼容易爬牆混進來。

是不是白天和眾多新聞記者一起混進來，躲在公邸院子到晚上，或者警衛巡視公邸過去之後，立刻闖進來的。

總而言之，是運氣不好，不是警備之疏忽。從後門闖進來的歹徒，幾分鐘之後結束按摩的我先生，穿著浴衣悠哉悠哉走向臥房，距離歹徒不過一、兩公尺。歹徒拿著短刀，幾乎要從屏風後面衝出來。可是歹徒瞬間動彈不得……。

後來歹徒供稱：「我目睹佐藤大搖大擺走過來。我想可以殺他。就在我面前，但我卻站不起來」。

目睹空手的對象走過來，他無法下手；可能被悠然的我先生那樣子所壓倒；或許是因良心發現……。

按摩師說服歹徒

因我先生進去臥房，歹徒遂似由走廊走到廚房，準備由後門逃跑的樣子。可是在廚房卻碰到馬殺雞師的I桑和S子桑兩個人。

他們兩個人做完按摩工作之後，在廚房喝茶休息。I桑看到一個年輕人走過來，以為是佐藤邸的新書生（書生在日本，是住在人家家裡半工半讀的學生的意思……譯者），遂對他打招呼說「你好」。但這個人沒有回應，臉色蒼白。瞬間，I桑感覺他左肩膀附近有一把刀，嚇了一跳。

I桑覺得這個人在耍把戲，可是頓時這個人開口說：「佐藤榮作這個人該死。我本來準備在羽田機場殺他，等到今天……」。

據稱，這個人的聲音在發抖。他亂七八糟地說了一番美日安保條約事，並說「不許使日本再混亂下去」。

這是我的想像，這個人要說的可能是，那時候跳過日本，尼克森在搞美中接觸，美元問題，故不要再聽美國人的話等等。I桑很冷靜。得知對方是歹徒，他還是很冷靜地和歹徒聊時局問題，以爭取時間。在這過程中，歹徒在I桑背後一直把刀擺在I桑左邊肩膀，據稱他們兩個人在這樣情況下對話。

歹徒說：「今天我如果要殺佐藤，毫無問題」。

I桑：「你可能有誤解。佐藤先生不是你所想像的那一種人」。

歹徒：「你在這裡工作嗎？」

I桑：「不是。是來辦事的」。

歹徒：「和佐藤是什麼關係？」

I桑：「沒有什麼關係……。不過你說的事我一定轉告首相」。

歹徒：「是嗎。那我就不搞了」。

歹徒這樣說完話之後，把放在I桑左邊肩膀的短刀用力摔到走廊。這把刀由之趨去碰到大約十公尺之日式房間與臥房中間的紙門。

我離開佛壇，出去走廊，只是幾秒鐘之事，如果早幾秒鐘出去，短刀可能命中我的肚子，真是太可怕了。

另外一位按摩師S子桑，在I桑和歹徒聊天過程中，好幾次想逃走或大聲喊叫；因看到I桑肩膀有一把刀，不敢作聲。

幫傭之機智

歹徒與I桑之問答，可能只有三、四分鐘而已，但I桑回憶說他覺得時間好長，他認為把時間拉長，一定會有人來救他們，因此他努力於尋找適當用詞和歹徒對話。

另一方面，幫手的克子桑，為在廚房的按摩師端去茶以後，回來日式房間，收拾按摩時用的棉被，要把我先生用的枕頭送往臥房而出去走廊。（這時我還在面對佛壇）。

克子桑行經走廊時，不由地看了廚房，看到並排坐的I桑和S子桑後面站著一個年輕的男生，同時看見在I桑背後有發亮的東西。

於是她拼命跑進去我先生臥房，並把房間門鎖起來。她兩隻手按著房間門，在那裡發抖，我先生問她：「怎麼了？」她勉勉強強回答說「先生，有歹徒！」

起初，我先生搞不清楚到底是怎麼一回事，但馬上領會情況，遂拿起房間內電話筒（通稱熱線）告訴公邸值勤秘書城文雄：「廚房好像有什麼人，去看看」。

城君遂與警備人員立刻前往廚房，此時歹徒已經丟去了短刀，沒有任何動作。在逮捕這個人之前問按摩師：「你認識這個人嗎？」I桑回答：「不認識」。這個人遂回答說：「我是右翼分子」，「來自福岡」。臉色白白，瘦瘦的這個青年，手拿茶色大信封，裡頭有幾本書，是新聞記者模樣的人。由大信封藏著德國製短刀看來，這個人是不簡單的智能犯。

據稱，這個人前兩天就觀察了官邸周遭，準備殺佐藤。據稱沒有什麼背後關係。

但歹徒面對我先生卻不敢出手。我認為這應該是神佛的保佑……。歹徒從屏風後面盯住我先生，終於死心的瞬間，我正面向著佛前。

我非常佩服立刻衝進我先生臥室，拼命要維護我先生安全的幫手克子桑。後來我對她開玩笑說：「那時我進不去我先生臥室，我以為在搞什麼鬼？我拼命敲門，都不開門……」。對此她老實地回答說：「對不起。說實在話，那時我的腦海中只想到先生的安全，沒有想到夫人」。

回去代澤的老家以後，我先生和我兩個人，大開玻璃窗，坐在廊子大聊其天。

此刻，自院子吹上綠風時的涼爽，令人終身難忘。我深深領會，這就是幸福。

要之，首相公邸的防彈玻璃窗，一年四季，只有打掃時候才能打開。

與「鈍腳榮作」的新婚時代

「佐藤家老三，據說念書念得並不怎麼樣，東大畢業後，在門司車站剪火車票……」。

據稱，故鄉山口縣田佈施的人，都很同情他，並在這樣傳說。榮作於一九二四年三月，自東京帝國大學法學部畢業之後，以「鐵道屬」頭銜，奉派前往門司車站服務。這是判任官（相當於我國的委任……譯者）。榮作之地方勤務，繼續到一九三四年六月，以在外研究員身分被派往美國和英國，前後長達十一個年頭。

榮作赴任門司時，大哥市郎已經是海軍大佐（後來是中將），參加國際聯盟，非常活躍；二哥信介在農商務省（後來在商工省），漸露頭角。在鐵路局服務，大學畢業也要從剪火車票幹起，但自故鄉的人看來，比上面的兩個哥哥，榮作實在差得太遠。

一般來說，在地方（就東京來講是鄉下）幹十一年，大部分的人大多會覺得很厭煩和無奈，但榮作比較不在乎。

對於人們問：「你們是怎樣結婚的？」我都回答說「是講好的婚姻」。

這個說明，必須談談我們的門第。即是我們的婚姻，與門第有不可分割的關係。

榮作的母親莫優（莫優是片假名日語音譯）是佐藤家之長女；我父親松介是莫優下面的第一個弟弟，也就是佐藤家的長子，所以我和榮作是姑表的關係。

我們的曾祖父佐藤信寬是舊萩藩士，為吉田松蔭的老同學；曾任島根縣令（縣長）。這個曾祖父特別喜歡莫優，祖父信彥（漢學家）也不喜歡這個聰明伶俐的長女離開佐藤家，因而在遺囑說「絕不可以讓莫優從佐藤家嫁出去」。

由於這種原因，遂迎來同樣為田布施士族之岸家的秀助為養子，作為佐藤家的另一支。莫優生了市郎、信介、榮作三個兒子和七個女兒，一共十個兒女。

在另一方面，佐藤家的庶子，松介是醫師，與松岡洋右（曾任外相）之妹妹藤枝結婚，三十五歲就去世。孩子是我和正子兩個女孩，必須找養子來繼承。

但那時候我們家完全沒有財產，找不到養子。因而莫優發揮「正義感」：「三個兒子當中，長子市郎必須繼承家，次子信介要去沒有兒子的岸家作養子，所以決定由榮作繼承佐藤家（本家）……」。

換句話說，「不能使這個家絕嗣」，乃將榮作配給我；或者可以說把我配給榮作……。

信介兄更帥

如上所述，我們的婚姻是命運注定的，很封建的婚姻。

說實在話，榮作也是一個非常頑固的人，如果他不喜歡我，他一定會馬上淡白說不喜歡，看他沒有說不喜歡，表示他還算喜歡我。

親戚多說：「榮作先生算是一個運氣好的人，一開始就喜歡寬子小姐，一拍即合，實在太難得了」。

我記得非常清楚，我跌倒時，第一個跑過來把我扶起來的就是少年榮作。

我們姊妹，從少女時代，就被大家同情為「沒有父親的女孩」，表兄弟、表姊妹對我倆尤其特別親切。

但回想小孩時候，印象最深的不是榮作而是信介兄。信介兄是一高（第一高等學校之簡稱，為當時日本最好的大學預科……譯者）的學生，榮作是山口中學的學生，信介兄是親戚女孩子的偶像。

帶著一高之柏樹葉子徽章帽子的哥哥一回來，女孩們便會統統跑過來。義兄皮膚白，長得好看，行動積極，以現今話來說是帥哥。他會給我們講講東京趣聞，雖然明明知道他說得有一些誇張，但大家還是喜歡聽。

那時候的榮作，對女孩毫不關心，一個人到山裡去挖蘑菇，到河裡去釣鰻魚……，與少女們的幻想毫無緣份，我行我素。他是釣鰻魚的達人，釣到大鰻魚時，他都要親自料理。

榮作第一次對我「表示意思」，是他在念第五高等學校（在九州熊本），我是高等女學校一年級的時候。那是很冷的一個冬天，和回來家鄉的榮作散步田佈施河野的時候。說是河野，聽起來好像很浪漫，是他常去釣鰻魚的小河。他突然停下腳步說：「我好像決定要和妳結婚的樣子」。這應該算是當時相當勇敢的愛的表白。在這之前，我大約知道他可能是我的未婚夫。那時我什麼也沒有說。我只記得天氣那麼冷，我頓時臉紅起來。

那時候的榮作，有一點粗魯的感覺，與我所嚮往的作詩「月下之沙漠」

的詩人和畫家的加藤正雄（正雄是平假名日語音譯），或明星巴連吉諾的形象差的很遠。說是命運婚姻……或許有一些誇張，我認了命運所定的這一條路。

榮作開始在鐵路局服務，我住在東京肆業青山女學院專攻科（專科）時，他從來沒有寫過情書給我。來信時寫的只是問候問候而已。

在那樣的時代，我更不可能到門司去找他。我們的結婚是，他就職的第二年，一九二六年二月的事。他的職位頭銜是「鐵道書記」，屬於門司鐵路局，從事有如門司車站副站長的工作。

結婚當初，我們住在位於舊門司市谷町四棟大雜院的一隅。記得房租是十八圓。如果住鐵路局官舍，房租是三圓，但這要股長以上才有資格住官舍。

記得月薪是一百圓左右。雖然年輕，卻常去參加宴會，花交際費，所以到我手上的錢，多是月薪的一半以下。門司鐵路局的精英，有法學士組織的「若法會」，他們時或聚會在大談國家天下，甚至叫來藝妓湊熱鬧。

參加找藝妓來的宴會要花二十圓（他這樣告訴我），所以結婚當初完全沒有什麼錢。

門司鐵路時代去過當舖

有一次，我看不到他的大禮服，問他為什麼，他若無其事地回答說在當舖。我有生以來第一次到當舖，把它領回來。進去和出來的時候，我東張西望，深怕給人家看到，提心吊膽，不知道該如何是好。

我先生那個時候就有老大的派頭，常常帶後輩去喝酒。而且結婚時候我家便有一個「寄居人」；他是Y君，十七、八歲的親戚小孩（後來為朝日新聞社記者），我先生很疼他。

因這個少年跟我們住在只有兩個房間的我家，所以等於是帶著小孩的新婚生活。

在這四棟大雜院的一隅，當時有每日新聞記者的一對夫妻，他們養著鑾可愛的白老鼠。他的太太非常親切，常常送生活很苦的我們各種菜餚。

我們結婚的那一年十一月，我先生調任福岡縣鹿島本線二日市車站站長。那個時候的我，我先生的立場暫且不談，我最高興的是，住站長官舍不必付房租這一件事。

我先生出任第十四代二日市車站站長時，當地報紙大事報導說，他是「鹿兒島本線第一位東大畢業的站長」。這可能是佐藤榮作第一次上報。

二日市車站站長的生活只有四個月半，惟因是在第一線的生活，故有許多回憶。我先生此時特別喜歡玩撲克牌。幾乎每天晚上，找年輕站員來家裡打撲克牌玩。

有一天晚上，正在玩撲克牌時，在二日市車站郊外貨物列車翻車，大家忙得天翻地覆。

說是東大畢業的站長，對車站實務，不可能懂得很多，都是助役（副手）告訴他的。因橋本馬也助役住在隔壁，無論公務和家庭生活，橋本副手幫助我們許多。由於官舍沒有洗澡堂，所以我們夫妻常常並肩帶著毛巾到附近之二日市溫泉去洗澡。

我還記得有一位名叫原晉治的，很努力用功的站員。

他眼看像我先生大學畢業，那麼年輕就作站長，乃埋頭苦讀，考上高考，後來進內務省（內政部）工作。原先生的結婚，由我們擔任媒人。

我們常去附近的太宰府天滿宮拜拜。天滿宮旁邊有一家麻糬店，店裡有名叫阿依西桑，很漂亮，這裡的麻糬極出名。我先生很喜歡吃麻糬，因此常去這一家店。

據我先生說，他作政治家以後，還見過阿依西桑。她也是我們難忘的一個人。

我先生於一九二九年出任門司鐵路局文書股長，三一年轉任鳥栖運輸事務所所長。

鳥栖是鹿兒島本線與長崎本線的分岐點，位置重要，主管和監督久留米至博多（今日之福岡）以及長崎方面各車站之運輸業務。

這時候，我們常去博多和久留米看電影（那個時候電影日語叫做活動寫真）。因為在鄉下，也沒有什麼娛樂和文化活動，所以星期天都去觀賞電影。我們甚至把小孩交給鄰居照顧去看電影。

松岡洋右替榮作著急

長子・龍太郎於一九二八年，在門司鐵路局工作時，出生於舊門司市淺見町的鐵路官舍，次子信二，是在鳥栖時代誕生（一九三二年）的。

鳥栖的夏天特別熱。當時電扇幾乎都是舶來品，根本買不起。一到黃昏，風完全停吹，熱得要命，因此在外邊舖草蓆給小孩睡。因官舍靠近鐵路，火車通過時，聲音之大而且震動很厲害……。出生不久的次子滿身是痱子，頭長許多濃疙瘩，真不知道該怎麼辦。

這時候，我開始憂心不知道榮作將在鄉下滯多久。他的同學都早已調到中央政府去了，對於榮作鈍腳的慢吞吞，周遭的人也很憂慮。

有一次，據稱伯父松岡洋右忍不住，大發雷霆說：「榮作這個傢伙實在太沒有出息。在鄉下搞了十年，在搞什麼鬼，應該想想辦法」。

松岡伯父，好像給我先生在東京鐵道省上司拜託了調回來東京事的樣子。後來得知這件事的我先生，非常生氣，罵我說：「妳是不是拜託了伯父？我最討厭拜託人家調動事」。

他更打電話給在東京的松岡伯父表示：「我喜歡在地方，請允許我這樣說，請不要再替我關說」。

揮淚告別義兄信介

突然被調到大阪

許多人說，榮作是運氣好的人。在公邸被刺客盯著最後沒有事；回顧公務員生活，多年的政治經歷，都相當順利。

畢業東京大學之後，以公務員身分在地方混了十年以上，但一調到中央，從課長、局長（司長）升得很快；插足政界之後，因許多前輩政治家被盟軍趕出政壇，沒有國會議員身分就出任內閣官房長官（相當於我國行政院秘書長）；造船貪污事件時，以自由黨幹事長備受責罵；成立自由民主黨（簡稱自民黨）時，追隨吉田茂沒有參加該黨。

社會上有不少人說佐藤是「心黑的人」。如果以作為妻子的身分來替他辯護，榮作好運氣加上羨慕才有這樣的評語。

我覺得，榮作是一個典型的順其自然生活過來的人。從地方公務員時代，他從來沒有作過調動的運動，動作慢吞吞，是會令人著急的。他這一種性格，反而為自己帶來幸運也說不定。成為我們人生之十字路口的日本投降前後動亂期情況，令我感慨萬千。

這個時期，我先生由局長調往大阪，算是降調，在那裡患了一場攸關生死的大病；伯父松岡洋右，榮作的胞兄信介，以戰犯嫌疑被逮捕，是我們一家人的重大危機。

太平洋戰爭情勢江河日下的一九四四年四月，運輸省汽車（原文為自動車）局長的我先生，突然被調任大阪鐵路局長。算是被降調。

榮作無怨無尤

當時的大阪在軍需運輸方面是非常重要的地方，但大阪鐵路局長，實被稱為鐵路的「最後一個位子」。退休之後大多去私營鐵路公司工作。

據稱，我先生的一個好朋友曾經告訴他：「你為什麼不辭職，被降調還厚臉皮地要去？」我先生在其自傳『今天是明天的前一天』就當時的心情這樣寫著：「我對於這樣說法，非常不滿。甚至於想過：如果這樣我就辭職。……這個說法不知不覺之中雲消霧散，要我去作行政考察，到各地去看看，考察回來之後卻毫無招呼，突然派我出任大阪鐵路局長。

但我在心裡想，戰局既不利……，現在不是計較這個位子好不好，待遇如何的時候，因此我接受了」。

當時，他沒有對我抱怨過。完全順其自然……。但這個調降反而「塞翁之馬」，戰後他沒有遭受到盟軍之「追放」，使其在政壇飛黃騰達，你說好玩不好玩。

人的命運真是不可逆料。如果那個時候他在鐵道省繼續擔任局長，昇官，戰後一定會被盟軍「清算」，可能不會出現日後的政治家佐藤榮作。

調往大阪之前的他，在鐵道省（後來的運輸通信省），被稱為「三級跳的榮作」，升得特別快。

我先生之所謂「三級跳晉升」，當然有各種原因，但我覺得最重要的還是當時之鐵道省次官鈴木清秀氏對他的欣賞。

那時候，我和我先生的上司幾乎沒有什麼接觸。我先生非常討厭拍上司馬屁，並告訴我「絕不要去大人物處」。他在監督局課長時代，鐵道省有大家一起去看戲的會。有一次我向坐在隔壁的夫婦打招呼，那位先生說「我是次官」，令我嚇一大跳。我都不認得那一位是次官（等於我國的常務次長），更不認識其夫人。

東京大轟炸 我九死一生

我先生赴任大阪之後，我住在東京‧東中野之岸信介家到一九四五年五月。這是為照顧在東京都內軍需工廠勞動服務的長子‧龍太郎，和中學生次子‧信次所致。

岸家家族，已經統統疏散到山口縣的鄉下。住他家是我們母子，親戚的單身漢，或因工作關係不能離開東京的人。

從一九四五年五月二十四日深夜到凌晨，我們遭受到美軍的大轟炸。這一次之東京轟炸，規模最大，損失最為慘重。

那一天晚上從十時許，開始大轟炸，四周是大失火。記得長子去了大阪父親處，不在家。岸信介的秘書大津正君（後來為榮作秘書），帶著由學童疏散回來的次子信二，和義弟恆光四郎等逃到外面去。

大家手拿水桶，把毛巾捲在脖子……，水桶是當要走過火星時潑水，毛巾是要從火煙保護眼睛、鼻子用的。

我拉著信二的手，拼命地逃。因跑的兩邊都是房子的小巷子，被人擠來擠去，我和信二的手鬆開，信二用水桶邊潑水邊跑，後來不見了。一起逃的人也都分散了……。

火越來越大，飛來木片、小石頭，防災頭巾破爛不堪。手腳燙傷；把水桶戴在頭上，只是亂跑……，這時竟忘記了自己小孩。

我下定決心，就是自己一個人也要活下去……，我邊這樣想邊跑。和無恙的信二重逢，是隔天凌晨，在大久保電車站附近的廢墟。「媽媽！」「阿信！」（信二）母子相擁一團哭泣。二十五日凌晨四時左右，我們回到岸家，但整個房子被燒光。附近有許多被燒死的屍體。在岸家房子建地內就有九具屍體。逃走的我們沒有事，附近的人可能以為岸家建地寬闊比較安全而躲在這裡結果變成這個樣子。

死在岸家建地內者，有當時之總理大臣鈴木貫太郎海軍大將的侄子夫妻，鈴木大將還騎馬來認過遺體。（台北『傳記文學』雜誌，去年曾經連載過我譯的《鈴木貫太郎自傳》，此書將由廣西師範大學出版社出版。）

因我們空手逃出來，所以到那一天黃昏什麼也沒有吃。罹難者都分得餅乾，主事者以「岸家的人應該都死了，你們也不是岸家人」，因此不配給餅乾給我們。

記得過兩天左右以後，我借中野車站或荻窪車站的鐵路電話給在大阪的我先生，告訴他我們沒事。因報紙報導岸家被燒了，他似乎以為我們也完蛋了……。

因沒有地方住，故我們也搬到大阪，五月底在天王寺鐵路官舍和我先生一起住，但六月十日，這個官舍也因遭受美軍轟炸了。

戰敗榮作病情惡化

第二次轟炸，倍感恐怖。我有一點神經衰弱，所以在官舍和我先生一起生活的體力和精力都沒有了。爾後不久，我們用水乾杯告別，我帶著小孩疏散到福知山線的小車站，我們疏散在古市這個地方租小房子住。

這是曾任村長，名叫小林四郎的房子。分居時，在大阪的榮作生了大病。八月二日晚上，大阪鐵路局的人來電話說：「局長病重。現在要把局長送過去」。

據稱我先生突然發高燒，天氣這麼熱，還喊叫「很冷，很冷」，在鐵路醫院治療，惟因轟炸，醫院也不安全，所以把要他送到鄉下來。

被部下抬回來的我先生，發燒四十度以上，意識朦朧不明。至今我還是不清楚這到底是什麼病（很可能是瘧疾，因為我小時候看過在夏天喊冷的瘧疾病人……譯者）。榮作昏迷一個半月左右。在和病魔搏鬥中的八月十五日日本投降（日人多說終戰）。但我不讓我先生知道日本打了敗仗。不過他的意識是蠻清楚的。他說「剛才我有聽到外邊小孩在說天皇陛下的玉音廣播這樣那樣，這到底是怎麼一回事？」「我沒有聽到什麼……」，我勉強這樣回答他。但他好像知道的樣子。

隔天，來探病的三木大阪鐵路局總務長（現在是神奈川臨海鐵路公司董事長）說：「局長非常遺憾……」，他幾乎把臉伏在我先生病床上開始哭起來。「怎麼了？還是……」。我先生終於知道事實了。

我先生的病況日趨嚴重。我說「日本沒有輸，戰爭還沒有結束」，但還是騙不了他。仍然發燒到四十一、二度，昏迷不醒，非常危險，大阪鐵路局長的秘書生野春彌桑甚至建議說，要不要聯絡局長親戚。

但我先生的發燒一進一退，好多人說「這個人發那麼高的燒，腦筋卻還是那麼清楚」，覺得很奇怪。

九月十七日，義兄岸信介以戰犯嫌疑被捕。這一件事我也沒有告訴榮作。記得在此以前，伯父松岡洋右也以戰犯嫌疑被逮捕。說實在話，那時我先生的病到底會不會好起來毫無把握，我真不知道該如何是好。

義兄岸信介在故鄉山口被捕，要送往東京，因得知列車名稱和通過大阪車站時間，我遂由古市趕往大阪車站。我帶去為義兄花了一個晚上作的飯糰和蛋糕。要出門時我先生問我說「妳要到那裡去？」

我說：「據稱義兄要到東京，我想到大阪車站見見他，對他報告你的病情」。

令我銘感的義兄話

在戰敗後混亂而骯髒的大阪車站月台，我看到義兄所搭列車進來了。停靠時間只有幾分鐘，必須與義兄說一些話。我拼命跑月台，以尋找義兄所搭的車廂。

我所找到的義兄，他穿著襯衣，脖子綁著一條毛巾，閉著眼睛坐在那裡。前面、旁邊都有美國憲兵。我把手垮在半開的窗戶大聲喊說「你桑……」。義兄看見我，瞬間微笑一下，隨即好大眼睛有淚珠。因為美國憲兵護送他，所以即使是停車中也不能出來。我把吃的東西從窗戶交給他，並趕緊對他說明榮作的病況。

開車前，義兄緊緊握著我的手說：「剩下來的只有榮作」。戰犯可能是死刑，這或許是我們的最後一次會面……，我說不出話來。告別義兄，搭福知山線回去古市，我一路哭個不停。回到家，我先生問我說：「怎麼搞的，妳的眼睛紅得不得了」。我說「眼睛裡有灰塵……」，我隨便回答說。

把義兄送到橫濱笹下監獄門口的大津秘書說：「岸先生昨天晚上，在鎌倉的旅館，好好享受了夫人作的飯糰和蛋糕」。

社會黨力邀榮作入黨

我先生之所以走上政治家的道路，完全是由於認識了吉田茂前首相。因為一九四八年十月，成立第二次吉田內閣時，榮作雖然不是眾議院議員卻被起用出任內閣官房長官（相當於我國行政院秘書長）。我先生那一年才辭去運輸省次官，在政界並沒有什麼實績可言。

由於不是國會議員，是公務員出身，因此據說被政界和新聞記者嘲笑為「什麼也沒有的官房長官」。不過當時的官房長官，與現今制度不同，並非大臣。

我先生被傳說可能出任政府要職，是蘆田（均）內閣因為昭和電工事件，提出辭職後幾天，記得是過十月十日以後的事情。

那一天，我以我先生的國鐵退休金，想辦法在吉祥寺買的房子，剛剛送來新塌塌米，整理房間，大掃除之後，在院子燒垃圾的時候。榮作回到他的家鄉山口，不在家。此時有一個朝日新聞記者突然來訪。這位記者自稱姓「田村」並問說：「夫人，荻外莊有沒有人來？先生現在在那裡？」

所謂荻外莊是近衛文麿•前首相公館之一，當時常常為組閣本部。不過那時我也不大清楚荻外莊是什麼。

記者問我「有沒有人打電話來？」。他又對於披著圍裙在燒垃圾的我說「一個人整理一切，太辛苦了」，問東問西地。我從頭到尾回答說「不知道」、「不清楚」。

其實，在這個記者來稍前，橋本龍伍氏（曾任厚生大臣，已故　前首相橋本龍太郎父親）已來過並回去不久。我也不清楚橋本氏是怎樣的一個人，他說他從吉祥寺車站走過來的，帶著一支好大拐仗，喘息說：「夫人，請轉告妳先生，叫他馬上去東京。我是由荻外莊來的。告訴妳先生說有急事」。除此以外，臨走前他又叮嚀說：「夫人，請特別注意，絕對不能告訴人家說我來過這裡，這是機密，尤其是不能告訴新聞記者」。

橋本氏離開之後不久，西村記者來了。顯而易見，他是來打聽和採訪有關我先生入閣出任官房長官事而來的。那時回答西村桑說「什麼都不知道」是，作為政治家太太的我第一次撒謊。

當時，我的態度可能不大自然，老練的新聞記者，或許已看出我沒有說真話，所以才再三問東問四，西村記者自我介紹說「我名字叫仁二，俗稱達姆仁（Tamujin）」，因而我和他蠻熟。

又我先生之出任官房長官，曾經有幾個曲折過程。我先生擔任大阪鐵路局長時戰爭結束，一九四六年二月一日被調東京出任鐵道總局長官。這是新的位子，上面有運輸次官，但是事實上的鐵路的最高負責人。

這好像是今日國鐵總裁的位子，他常常為因應勞工團體而在傷腦筋。有過一九四六年九月十五日之罷工，隔年之「麥克阿瑟元帥禁止罷工……」，以伊井流眼淚廣播著名的二・一罷工等等，我先生這方面的「手腕」似得到了肯定。

那時候的勞資爭議雖然很激烈，但工會方面還有一點人情味。有一天，我先生因調解爭議過勞而請假。於是勞工團體的幹部帶來蘋果來慰問我先生說：「吃吃蘋果，早點恢復疲勞……」。說話的口氣雖然不是很有禮貌，但卻蠻有人情，令人很欣慰。

盟軍總部不同意榮作出任大臣

最早注意我先生的，好像是日本自由黨大將之一的松野鶴平氏。據稱，松野氏對吉田首相說：「雖然是鐵路官員，佐藤榮作這個人很有骨氣」。

我先生正在忙碌於因應二•一大罷工時，我家得到好大消息。即某一天早上，我先生前往橫濱盟軍終戰聯絡事務所商議大罷工時，運輸省的我先生秘書來電話稱：「長官似將要出任運輸大臣」。這怎麼可能……，我根本不相信。我從來沒有聽過他說要走政治家的道路，一個公務員怎麼一下子可能出任大臣，根本不可能。

後來才知道，兩三天以前，透過松野鶴平桑打聽我先生「願意不願意擔任大臣？」

當天，從橫濱回到運輸省的我先生，以為松野桑所說的話不是空穴來風，等著消息。因為吉田首相去盟軍總部到現在還沒有回來。

旋即松野桑來電話說：「你和岸君（兄 信介）是二等親，盟軍總部提出這一點表示反對，沒有辦法解決」。

義兄以戰犯嫌疑被關在巢鴨監獄，亦即二等親人是戰犯，不可以出任大臣。

旋即吉田首相要我先生馬上去官邸，一見面他便說：——「松野氏可能已經告訴了你，沒有成功。但沒有關係，你作運輸次官好了」。

因有一部分報紙報導說「運輸大臣佐藤榮作有力」，現在的標題卻說

「聞鰻魚味道三個小時的佐藤榮作」。

最後，如吉田首相所承諾，出任運輸次官。

但運輸次官一年多就辭掉了。

我問他「為什麼那麼快就要辭職？」他只回答說要給後輩機會，並沒有表示過要走政治家的道路。我感覺要從政是以後的事。

那個時候，第一次吉田內閣已經鞠躬下臺，成立社會黨的片山（哲）內閣。我先生以運輸次官身分協助社會黨組閣。這個時候的官房長官西尾末廣氏，撇開工作，似有過個人比較親密的來往，超越政黨的隔閡，一直很尊敬我先生。

那個時候，據說西尾氏曾經力邀我先生參加社會黨。如果參加社會黨，那情況就不知如何了。又那時候還問我先生肯不肯出任「官房副長官」。

受到西尾氏很大刺激

我先生在鐵道總局長官的時候，與工會的關係是還算不錯的。後來被正如稱為「人事的佐藤」，在統率官員和領導大家都相當成功，才被西尾氏看中。

西尾氏之力邀雖然沒有成功，但如果再加以努力，不是完全沒有成功之可能的。我先生在鐵路局時代，與第一線的人是蠻合得來的。

最近，常常聽到有人說「現代的財富分配不均」。我先生年輕的時候，對於這樣的問題似乎有更積極的想法。因此那時西尾氏如果再大力勸他，或許情況就不同了。我有時候會這樣想。

一九七二年七月，我先生下台時，西尾氏曾專程前來我們在世田谷的家並表示，「多年來負責國政，實在太辛苦了」。

雖然不同政黨，但能有這樣胸襟，我覺得這樣才是真正的政治人物，令我非常感動。

我先生辭去運輸次官的直接原因可能是，一九四八年二月，片山內閣編列預算發生問題之時。因為他對於社會黨之作風有一些不滿，覺得要踏上政界，現在是最好的機會。

我覺得我先生之所以插足政界，固然是因為吉田先生之「提拔」，但因與西尾氏之交往，受到刺激可能也是一個很大原因。

一九四八年三月，以依願離職方式辭去運輸次官，四月回去故鄉，出任民主自由黨山口縣聯合會支部長（縣黨部主委）。改行如此這般，我先生出任官房長官，那時全家，極為興奮。那時，我們根本不知道官房長官是什麼，只知道這是不得了的位子，所以秘書和小孩都高興得睡不著覺。

吉田先生既然拔擢縣黨部主委的我先生，我先生竟也「欣然接受了」。至此，我才知道我先生是這樣一個膽子大的人。

但官房長官的我先生的風評極差，據說沒有過風評這樣差的人。

他那一種面貌，一看就會覺得是一個官僚。但說到官員，與盟友池田勇人桑之精英團隊的大藏省（財政部）相比，運輸省是一個普通的行政機關，鮮有官員的氣息……。

那個時候，他既抽煙斗煙，又沉默寡言。作為內閣發言人的官房長官，必須和報館的人接觸，但就新聞記者而言，我先生簡直是一個傲慢的人。作為政治人物的他，小心翼翼，記者們對他實在束手無策。

膽子大的官房長官還是不及格？

據說，我先生一再被報館的人拒絕見面。一般來說，拒絕見面的多是被採訪的人，現在被採訪的人拒絕，這是相當嚴重的問題。

那時，秘書大津正桑也很傷腦筋，好幾天睡不著覺，據稱一個月左右下來，腰帶竟縮小了五個洞。

不過我先生於一九四九年一月，首次當選眾議員，在選舉後的第三次吉田內閣，辭去了官房長官，只幹了三個月。

可能因為幹得太差，要他「鞠躬下台」。據說吉田先生把他找去只說一句話：「你下來好了」。沒有說「你不及格，回去黨部好好學習學習」。

我先生回答「是的」而告辭。這樣幹黨務好好學習就對了，可是吉田先生卻又把他叫去出任民主自由黨（後來改稱自由黨）的政務調查會長。

據稱，起初吉田先生要他幹「國會對策委員長」。據說我先生回答說「我幹不了」。於是吉田先生問他說「那你能幹什麼？」「我能幹政調會長」，我先生回答說。

他膽子是夠大，一年級議員還敢這樣回答。

他答應出任政調會長，卻找不到願意作副會長的人。

理由是據說「沒有願意在這樣年輕者底下作事的人」。

最後由塚田十一郎桑前參議員接任副會長，由之我先生遂在政壇飛黃騰達，但起步是相當歷盡滄桑的。

兄弟宰相之愛與恨

記得是一九四九年年底，吉田內閣下台前後的事，有一個眾議員專程來訪我們在輕井澤的別墅，並似責罵的口吻說：「佐藤先生，你哥哥的岸先生開口閉口常說『榮作、榮作』，但你從不關心你哥哥的事……」。此時我先生閉著眼睛，默默聽著對方說話。

我先生和岸信介義兄都是從同一個選區（山口二區）選出的國會議員，而且先後出任過首相，因此不能單純地以兄弟愛來概括一切。

以戰犯嫌疑被捕的義兄．岸信介被釋放回來時，是我先生擔任官房長官的一九四八年十二月二十四日的事。

碰巧，在其前一天的二十三日，通過對吉田內閣的不信任案，當天晚上解散眾議院，是官房長官的我先生最忙的時候。

當時，我先生住在首相官邸的官房長官公邸，我在吉祥寺家看家，有時候必須送日用品到公邸。

穿藍色衣服光頭的岸信介

二十四日，秘書突然來在吉祥寺的家電話說「岸先生現在回到公邸」，令我嚇一大跳。雖然傳聞過最近可能會獲得釋放，但完全沒有想到好消息會來得那麼快。

根據我先生的秘書說，義兄出現於公邸時，穿著好髒的藍色衣服，光頭，警衛懷疑他，作了諸多職務上質問。在旁邊的幫傭說：

「看他的臉跟我們的先生（榮作）很像……」，她邊這樣說邊走出去，這個人便大聲對她說「我是岸，是岸信介」。幫傭給警衛耳語說「可能是我們先生的哥哥……」。如此這般義兄才得進來公邸。

此時，我先生正在首相官邸參加解散眾議院後之對策，得到聯絡的他，趕緊回來公邸，兄弟雙雙，作了感慨萬千的重逢。

當天晚上，義兄抵達吉祥寺的我們家。這是一九四五年九月，義兄被逮捕要送往東京，我在大阪車站與其告別，經過了三年三個月的時光。在這期間，我曾經代理我先生去看過義兄於巢鴨一次，因隔著鐵紗沒有能夠講什麼話。

在吉祥寺家門口看到義兄瞬間，我不由地喊了一聲「你桑您好……」，我流下眼淚抱了他。

此時我先生也從公邸回來，義兄和我們家人一起用餐。義兄在東京住了兩三天，馬上回去妻子等著的家鄉山口縣。

剛被釋放的義兄，身上好像沒有什麼錢。我和我先生把所有的錢湊起來交給他作旅費。

義兄瞪著升值的日幣，不知所措。因為在監獄裡，對於新日圓似乎不知道該如何計算。

我忘記當時交給他的是一萬圓還是兩萬圓，義兄說「這麼多的錢怎麼來的？」他不肯收下。我說「錢的價值變了，您馬上可以理解」。兩個人哈哈大笑。

兄弟的「政治立場」對立

由於一九五四年的造船醜聞，自由黨幹事長的我先生被當作為貪污元兇，面對暴風雨般的責難。政治趨勢，由吉田體制流向鳩山（一郎）體制時，他們兄弟的「政治立場」，完全不兩立了。

當時，義兄岸信介是以鳩山一郎為總裁之日本民主黨的幹事長，勢如中天。

不僅政治流向改變，保守陣營內部甚至有「不但吉田，連佐藤也要予以埋葬」的氣氛。因此在成立鳩山內閣之後的一九五五年二月的眾議院選舉，我們真是名符其實的四面楚歌，簡直在地獄。

多年來支持我先生者之中，有人認為這一次選舉可能落選而悲觀者。兩個兄弟同樣在山口二區競選，雙方支持者當然會有所對立，免不了發生一些摩擦。一九五五年選舉之前，雙方陣營都用心不要發生摩擦，暗中有一種君主協定，但開始世上所說「骨肉相喰」，可以說始於此時。

被反對黨攻擊還能忍受，但被同樣屬於保守陣營者的惡意中傷，那就自當別論了。這些人到處說：「從我們故鄉出現這種貪污者，真是好丟臉」。

所謂「貪污者」，當然是指我先生而言，這在戰術上是一種諷刺。我們的小孩聽人家這樣說，當然傷心和氣得要死。

而且在我們支持者之中，似乎也有為此而互相爭吵者。我先生去理髮店，曾經被丟石頭過，旅館也被分成岸系和佐藤系，住錯了就會發生麻煩。

「埋葬貪污議員」

選舉有非常特別的氣氛。佐藤算是吉田自由黨的直系，與民主黨幹事長之岸的政治經歷完全不同，有對立是難免的。

選舉期間，兄弟見面還是很好，但支持者之間便不是那麼單純了。

總之，這一次選舉非常辛苦。報紙列出所謂與貪污有關係之候選人名單；地方版且說：「我們縣也有貪污議員的候選人」……。

但我先生不但沒有擔心自己的選舉，還跑去替南好雄桑（石川二區）助選。他雖然擔心自己演講可能有反效果，惟因南桑一再拜託我先生去，我先生去了，據說我先生的助選還蠻受歡迎的樣子。

我和兩個兒子三個人，每天在選區，流著眼淚跑選舉，「請故鄉的父老鄉親能夠理解和支持……」。

嚴冬的深夜，戴著頭巾，走田間小道，累的要死才回家。選舉完了之後，瘦得像皮包骨。

投票前一個禮拜左右，吉田茂先生親自前來發表助選演說。這實在太重要了。真是謝天謝地。在山口縣櫻井市的演說會會場人山人海，吉田先生說：

「佐藤君絕對沒有罪。他是為黨犧牲的。因此我今天特別趕來為他助選。有人說我是佐藤君的提拔者，其實不是我提拔的，而是他自己站起來和長大的。他是純潔的人。他完全不自我辯解，堂堂正正……」。

吉田先生在幾個地方都說這樣內容的話，似有過很大的迴響。加以支持者的拼命賣力，此次選舉得到了意想不到的成績，最高票當選，超過岸義兄的票數。

鳩山內閣下台之後，爭取下一個內閣首相者有石橋湛山、石井光次郎和岸信介，這是一九五六年十二月的自民黨總裁選舉。這一次也是我們全家的一大考驗。

違反恩師的意思

我和兒子都認為我先生會支持石橋氏，覺得這是理所當然的事。因為看這三個人的經歷，義兄岸信介是舊民主黨系的代表。反此，石井氏是舊自由黨系，又是我先生的好朋友，池田勇人桑也支持他。石橋桑受到當時之反主流派一群人的支持。

石井、石橋兩個陣營之間，有第二、第三名合作的「君主協定」：即要支持在第一輪投票時得票高的人。在投票前多認為石橋比石井占優勢，如果石橋桑出線，池田桑和我先生等舊自由黨人，最後會支持石橋桑。這是我們的判斷。

事實上，池田桑似為實行「君主協定」的關鍵人物之一。

此時，我先生由於保守黨大合併時，沒有參加自民黨，為無黨無派，所以沒有參加自民黨總裁選舉。

雖然是無黨無派，「佐藤派」卻擁有幾十個人馬，因此對自民黨還是有相當大的影響力。結果與我們家人的判斷相反，我先生支持了義兄岸信介，成為岸陣營的參謀之一。

隨總裁選舉之接近，舊自由黨人大舉來訪我家，熱烈討論到底要支持岸信介或石橋湛山。

據說，在三個候選人當中，故緒方竹虎桑之直系的石井氏和舊自由黨人最接近，但在吉田內閣下台之前，吉田先生和緒方桑之間，有過一些對立。因此吉田派之舊自由黨人便不一定會支持石井。

最後，吉田先生似乎也指示其手下支持石橋湛山。而聚集在我家人們之中，已經有不少人表明要支持石橋桑。

我先生對於聚集在我家自由黨人如此說明自己的立場。他說：「我們是吉田先生系統的人，應該支持石橋桑。惟因我和岸是弟兄，我不能這樣做。請能諒解。」

我個人一直認為，我先生受吉田先生那麼提拔和照顧，他一定會遵照吉田先生指示會「支持石橋」，這是政治之道。但在此時，他沒有照吉田先生意思行動。

在隔壁房間關心開會情形的長子龍太郎和次子信二，抓住由會客室出來的父親責備說：「為什麼變成這樣？我們沒有辦法理解爸爸的心情……」。

對此我先生大聲怒說：「你們想想看，只有一個相同血液的哥哥在從事你死我活的打拼時，我怎麼能遵守吉田先生的吩咐……，我還是要支持我的哥哥。這就是兄弟」。

流眼淚的兩個兒子

次子的信二遂對哥哥龍太郎說：「哥哥，我們兩個人絕對不能有這樣的事」。此時兩個人流著眼淚。他們兩個人得知有時候不得不和哥哥對立的爸爸，選舉時候的明爭暗鬥。

我很能夠理解信二所說話的意思：「我們不要去搞政治，弄得骨肉相殘」；或者是「絕對不能搞極難看的爭執」。

我站在他們旁邊，覺得這是一個很大悲劇。現在談起來好像很好笑，但當時之我們家族的感受的確是這樣嚴肅的。

自民黨總裁選舉，最後投票結果，石橋湛山二百五十八票，岸信介二百五十一票，差七票，石橋桑當選。

我先生在投票前大約一星期前便住在飯店，致力於拉票。選舉完了之後回來，臉部肉都沒有了。

他坐在沙發自言自語說，「我很想給哥哥投一票，因為不是黨員，太可惜了……。在飯店等著結果，好痛苦」。

甩媒體半夜出家門

要記者半夜溜出家裡

「傳說你將要去監獄，這個傳說已經使你有所成長，如果真的去了，必將變得更大」。

被捲入一九五四年之造船貪污事件的我先生，當時面對空前危機，據稱事後吉田茂前首相說過這樣笑話。

這可能是就作為一個政治家種種意義的成長而言的。

關於這個事件的內容，我完全不清楚。但是，我既然要撰寫這個秘錄，自非提到它不可。

造船貪污事件之曝光，是我先生第二次出任自由黨幹事長的時候。從一九五四年年初，報紙開始報導這個事件，池田勇人桑（當時為自由黨政務調查會長）和我先生名字，與此事件有所關連的時或出現。

每一次出現於報紙，我便問他「怎樣？」他都回答：「不必擔心」。如果我先生臉發青或有一些不沉著，我們自然會覺得緊張，但我先生很有「自信」的樣子，因此我們家都很「天下太平」。

那時小淵光平眾議員（已故．現今小淵惠三眾議員父親）等等幾位議員常常慰問說：「尊府很是和平，但社會上非常熱鬧，真是……」。

俎上鯉魚

如此這般，新聞記者埋伏在我們位於世田谷住家，報紙都報導說「佐藤、池田如何如何……」。

某一個星期天，我們帶著次子信二開車到（富士山下）河口湖兜風時，某報車子便一直跟著。我們遂判斷：對方可能認為我先生要去應訊假裝帶著家人出去兜風。於是在中途停車，果然後面車子也停下來。我們便下車對記者們說：「辛苦了，肚子餓了吧」，給他們香蕉。

那一天，我們到處欣賞風景之後回了家。可是過了幾天看電視，真是令人啼笑皆非。記者座談會，把追蹤我們的情形寫成「追蹤渦中人物佐藤榮作……」，製造「新聞」，可笑極了。

它說，我們追蹤兜風車子，佐藤終於進入一家飯店。可能是訊問，於是記者也趕到。旋即不知何故，佐藤脫光衣服，跳進浴池。

記者也趕緊脫光衣服，進去浴池。兩個人在浴池中裸體見面。至此佐藤幹事長認了說：「好，你們愛怎麼料理就怎麼料理」。所謂「菜板上鯉魚」……便是這個意思。

如果再加上歌唱，便變成為浪花節（以三弦為伴奏的一種民間說唱歌曲，有如中國鼓詞）。

電視是天下的公器，因說些完全不是事實的謊話，故我先生曾經予以嚴重抗議。據稱，該電視公司查無此事實，曾予節目製造人嚴厲處分。

化妝把爸爸帶出門

檢察廳請我先生能夠自動應訊。當時，國會正在開會中，據說是以電話連絡院內幹事長辦公室的。如果從國會直往檢察廳，肯定會成為頭條新聞。

我先生非常討厭「出庭應訊的佐藤幹事長……」同時刊登相片的這樣報導，他很不以為然。於是準備回家一趟晚上再去，但這也很麻煩，因為家裡四周有許多新聞記者和攝影記者。他們都想搶決定性的瞬間鏡頭。

因此我們把家裡所有電燈關掉，讓記者什麼也看不見。想去應訊又出不去，在漆黑的客廳坐著，默默坐了好久，那時我先生的背影，仍然歷歷在我眼前。

前面說過，國會正在開會，現在說說時代背景，當時之國會情況以及我先生立場，對瞭解這個事件或許有幫助。彼此抗爭的執政黨和反對黨，發生了日後著名的國會打鬥事件，堤康次郎眾議院議長（已故）的襯衣，被拉得連扣子都沒有了，進而被脫光上衣，最後在野黨還拒絕參加審議。

為著國會的順利運作，堤議長非常奮鬥，執政黨之幹事長的我先生也盡了最大努力。

白天為打開國會之困難局面盡力，晚上回到被記者包圍的我家，要突圍去應訊，實在令人費盡苦心。我先生回憶當時的情況說：「那時年輕力壯才能克服這兩個事件」。

記得我先生曾去應訊三次。總之，我家的正門和便門是一排，距離七、八公尺，沒有後門。除非爬牆，否則只有從這兩個門出去。三次都是先睡一覺，等到記者回去之後的深夜才溜出去。

作陪的如果是大津秘書或稻葉澄雄秘書，記者都認得，長子龍太郎正在談戀愛，根本不在家，所以由正在慶應大學念書的次子信二，化妝出出入入的商人模樣，先從便門出去偵察「敵情」，確認沒有報館的車子，我先生便乘坐準備好的車子出發。

檢察廳也很用心，有時候指定在同樣世田谷區內的地點，或在遠處的池袋。訊問期間，信二便移動車子，換換車牌，真是很不容易。

留在代澤的家族，在我先生回來之前，都睡不著覺，等我先生回來，便問信二：「情況如何？」、「然後呢……」等等，大學生的信二心情，一定非常不好受。

我們雖然這樣費心，隔天報紙還是刊登我先生的應訊消息。真是奇怪，雖然沒有照片，卻令人覺得新聞記者真正是「無孔不入」。

萬事看得很準確的吉田前首相

傳出今天晚上要逮捕佐藤幹事長消息時，天下大亂了。記得檢方得出要逮捕佐藤的結論是四月十九日。那一天，我出門回家時，家裡前面全是媒體的人，甚至用梯子在牆上裝攝影用燈光，照亮四周。

我推開媒體人群，好不容易進入家門，此時我先生正在飯廳和我妹妹、兒子吃晚飯。我問「是怎麼一回事？」我先生說，「今天晚上好像要來逮捕我」，但一點也不在乎的樣子。吃飯時，電視新聞節目中出現我先生照片，並說「是逮捕的方針」。我先生對家人說，「我還在這裡，不要管他」。那一天晚上，我先生吃的很多，也睡的很好。

四月二十一日，犬養（健）法務大臣發動指揮權，下令延緩逮捕我先生。這是因為國會正在開會，為促進重要法案之審議，不能同意逮捕執政黨幹事長所採取措施。

有關我先生之嫌疑，是政府制定負擔船公司之借款一部分利息的利息補給法時，業界送我先生和池田政調會長（當時）各兩百萬圓。接受政治捐款時，必須按照所定手續呈報，沒有報便違反政治資金規正管理法。

一言以蔽之，就是政治獻金的問題，檢察和社會都以為「佐藤私吞政治獻金」。我先生如果不考慮黨的情況，把一切事情說出來以証明自己的清白，不能把所有事情說出來是幹事長的苦衷。

總而言之，可能因為吉田首相最清楚我先生之立場和種種情況，乃遂指示法務大臣發動指揮權。社會對此雖然有所批評，但吉田先生什麼都清楚。我相信歷史將弄清楚其真相。

「政治家必須搞好公私之分別，特別是將來的政治家，要能在國民面前公開自己私生活」。這是我先生偶然說出來的話，這可能是要給年輕政治家的建言，或者回憶造船公司貪污當時的感慨。

可惡的小偷

壞事會接踵而來，與造船公司醜聞事件幾乎同時，我家發生「與長子斷絕父子關係事件」和小偷盜取寶石事件。

初春的一個黃昏，很難得我先生說：「我們到銀座去遛達遛達如何？」我們到銀座繞了一圈，八點半左右回來時，看家狗在拼命叫。我覺得「有一點奇怪」，安撫了狗，開了院子的外燈，到在二樓用功的信二房間。我和兒子聊天時打盹了。

旋即我先生從樓下大聲喊下去。我趕緊下去臥房，其玻璃窗竟被切開，房間被翻的亂七八糟，一塌糊塗。

衣櫃裡頭的鑽石戒指，母親遺物的藍寶石、珍珠項鍊、手錶，我先生交給我還沒有打開的薪水袋等等，皆不翼而飛。

那一天晚上九時半許，在我家，我先生的記者招待會剛剛結束。各報館的政治新聞記者和社會新聞記者輪流採訪，給報館電話說「幹事長家被小偷光顧！」天下大亂。

小偷事件還有後續。因我告訴搜查員被偷鑽石戒指有瑕疵為線索，抓到了犯人。

這一顆鑽石是我先生服務於國鐵時代，留學海外回國時所買，有瑕疵的零點六四克拉鑽石。因這是我先生的心意，便拿到銀座貴金屬店加工，是我的寶貝。

但小偷以為這是很普通東西，遂拿出去賣而被抓到了。從顏色、有沒有瑕疵以及款式，都說明的很仔細，因而立刻抓到，進而破獲了報紙所報導「戰後最大寶石竊盜集團」。

闖入我家的犯人是該竊盜集團的「幹事長」。後來有一個早上的防犯特別節目（廣播電台），這個竊盜犯人對於闖進佐藤幹事長家的情況說：

「……小偷最重要的是，出去這個家時候的態度。當時我由佐藤家便門出來時，還點了一支香煙。我一邊望著許多報館的車子，悠哉悠哉地走到拐彎的地方。爾後我拼命跑了其下坡路……」。

我因提供破案線索，警視廳還頒發一張感謝狀給我，令我覺得很難為情和很複雜的心情。由於我先生被檢察廳在追究，加上小偷案件，門口常常有穿便服的人來，因此我不得不問：「對不起，是查貪污醜聞的刑警，還是小偷課的刑警？」令搜查官哈哈大笑。

與長子斷絕父子關係的來龍去脈

迷「姬路小町」

最近社會上常常傳聞親子斷絕的問題，我家也沒有例外。

佐藤榮作與迷戀女性的長子斷絕父子關係……。說這種話時，不知道社會將作何種感想？

這個戀愛事件，發生於與我先生受到社會責難之造船公司貪污事件同一個時候的一九五四年。這一年，就我家而言，的確是「內憂外患」的一年。

長子龍太郎於一九五三年三月畢業東北大學，四月，進富士製鐵（今日之新日鐵．即鋼鐵公司）公司，在姬路市該公司廣畑製鐵所服務。

好像是進該公司半年左右，認識了該公司秘書課的增尾敏子桑。

她是姬路市西魚町的出身，在當地被稱為「姬路小町」，公司的人叫她「廣畑小姐」，據說是職場單身男性大家追求的對象。

龍太郎對於與敏子桑的初逢這樣說著：「新進社員之棒球比賽時，我打了滿壘全壘打，因而得到所長獎。當時手交紀念品給我的就是敏子。她雖然個子不高，卻很文靜，我覺得她是關西美女典型。」

當然這些是後來才知道的事，我先生和我都不知道兒子有喜歡的女性。

迨至一九五四年，有人對龍太郎提親。對方是關西實業家A氏之千金。我先生一向主張男性要早一點結婚，因此對這個親事很積極。乃決定要在大阪的大飯店相親。

相親將由我陪去，並在作種種準備時，有一天次子的信二（當時他是慶應大學的學生）說：

「媽媽，上一次我到哥哥那裡去的時候，看到房間裡貼著一張非常漂亮的小姐相片……，不好意思，比相親的小姐漂亮多了。」

我嚇了一跳，「這是怎麼一回事，為什麼都不說……」我問。信二說「這可能是他的女朋友，哥哥會不會同意相親不知道……」。信二勉勉強強開始說哥哥的私生活。

兄弟兩個人感情很好，信二休假時常常到姬路之哥哥處玩，所以在家人中他最清楚龍太郎的事。惟這是屬於「男性之間的秘密」，在提親之前，一直守密。

我先生怒說「取消這個結婚！」

在大阪之飯店的相親席上。A氏千金是一位開朗而健康的女性，我看一眼就喜歡。龍太郎也說「是很可愛的女孩……」，好像蠻有意思的樣子。我很放心回來，並詳細報告了我先生相親經過。

可是經過幾天……。龍太郎給我寫了令家人非常震驚的一封信。它說：「母親大人，前幾天見面的那一位A氏的小姐很好，但我一點都不心動。說實在話，我有心中的女性。一直未能奉告，非常對不起」。

大致上是這樣的內容。它又說，無論如何他不會改變自己想法，並要我轉告父親。

因從來沒有告訴過我先生龍太郎有女性朋友，故聽完了話之後非常生氣並嚴命：「絕對不可以和姬路小姐結婚」。我先生本來就非常寡言，又不說為什麼反對，因我知道我先生的個性和心情，故遂去姬路說服龍太郎。

我先生對於長子的結婚對象，似乎認為最好是山口縣人，彼此家族都很熟悉的家庭的女兒。

時至今日，說這一種話的確是可笑，但職場之戀愛結婚，佐藤家沒有這樣的傳統。

我自己由於身為這樣家族的成員，對於我先生這樣的想法並不覺得怎麼樣，自然贊成榮作的反對。因此非常賣力想拉開龍太郎和敏子桑的關係。

龍太郎以佐藤家長子．放縱長大是事實。父母和周遭的人都拼命教育他。將來作公務員也行，希望他有「理想的」結婚，以繼承佐藤家。這是天真的父母的如意算盤。

我先生從年輕時候就是熱心的「教育爸爸」，他比我參加更多的兒子小學的家長會。因為當時我先生是普通公務員，根本請不起家庭教師，所以我先生經常給小孩補習。

要把龍太郎送去七年制舊制（東京）府立高校（高中）尋常科念書時，曾經大忙特忙過一場。考試前一天，龍太郎發燒四十度，不能走路，我先生還背他去考試。

這樣無微不至地照顧他念大學，他卻說「我不想幹公務員」。這是其父親的希望第一次遭受到挫折，現在竟拒絕父母中意的婚姻，要與職場的小姐結婚……。這或許是社會屢見不鮮的現象，但就我先生而言，簡直是青天霹靂，不可思議，美夢破碎，是天大的打擊。

我訪問過敏子桑家幾次，與其父母見面和溝通。敏子桑父親浩氏（已故）出生於姬路郊外的世家，除經營事業外也畫畫和作詩，是一位文化人，長的很帥；母親歌子桑也非常漂亮，說是戀愛結婚的。

她的父母好像也相當辛苦過來的樣子，反對她們兩個人的結婚。他們兩個人也贊成我們的意見說「不能讓他們兩個人結婚」。但周遭人的這種反對反而火上加油，促使他們更結合和團結在一起。

一九五五年四月，龍太郎從姬路調到川崎製作所。他跟我們一起住在世田谷的家，從家裡上班，可是一放假他便搭飛機去姬路找他的女朋友。

甚至於不只是星期天或假日，他請假，我們的「深草少將」（說去找小野小町九十九次夜晚之傳說上的悲戀人物）為迷戀姬路小町而飛去。

妨害敵不過「智能犯」

那時候，我們動員次子信二、我妹妹，親戚和秘書留意龍太郎的動靜，一得知他前往羽田機場，我和秘書便趕去機場，上演「悲喜劇」。

有一次，我們甚至去住在姬路敏子桑家的龍太郎帶回來。

百般說服之後，一起到姬路火車站，上了往東京的火車，開車瞬間卻看不到龍太郎的影子，在車上到處找，找不到他。

他趁我不太留意的時候離開位子，站在上車時候相反的邊邊上下車口，與開車的同時跳下去，跑回去其情人的地方。

這真令我嚇得目瞪口呆。火車已經開了，毫無辦法。「帶回來龍太郎的計劃」完全失敗，只有空手回東京。現在回想起來簡直是齣鬧劇……。

那時，敏子桑曾經由信二陪同突然來過我們的家。此時我先生也和敏子桑談過話。我先生擺雙手拜託她說：「不好意思，這個結婚希望能夠取消」。

敏子桑也很坦誠地表示：「我明白了。我雖然喜歡龍太郎君，但不和他結婚了。我不想和那麼不合的家族的人結婚。但不能只對我作這樣要求，也請這樣告訴龍太郎君」。

戀愛這個東西，阻礙愈多，愈會想辦法。龍太郎被責備去姬路次數太多，索性叫女朋友搬到東京來。

有一天，次子信二聽到風聲說：「哥哥好像把女朋友藏在自由丘住處」。得知把敏子桑叫來東京的我先生大發雷霆，遂與龍太郎「斷絕父子關係」。

我先生拿出兩張紙，這樣寫著：「今日要斷絕父子關係。不許再出入佐藤家……」，並問「這樣行不行？如果行，你蓋章」，並將紙條交給龍太郎。兒子說「好，沒有問題」，蓋了章，拿著一張紙條站起來。

六張塌塌米的「愛巢」

這給我很大衝擊。由此我深深理解了龍太郎之意志的堅強和毅力。這個兒子到底是在放縱、撒嬌、自由人還是浪漫主義者……，我從各種角度重新認識了這個兒子。

最後，龍太郎把身邊的東西裝進兩個行李箱搬出去。事後我偷偷叫信二把棉被送到自由丘去，龍太郎開始了與敏子桑兩個人的生活。

有一天，我瞞著我先生，由信二陪我去看了龍太郎的「新居」。它位於東橫線（電車線）線路旁邊的肉店二樓，爬著好難爬的樓梯上去，就是六張塌塌米大的兩個人的居所。

在一隅鋪著草蓆．有陶爐、鍋子、飯碗。旁邊有橘子箱上面鋪著花紙作為飯桌；以及皮箱和書刊等等，亂七八糟，當然沒有衣櫃。門上橫木掛著用鐵絲作的西裝、襯衫、女性洋裝，是非常寒酸的愛巢。敏子桑也顯得憔悴多了。

我把龍太郎和敏子桑帶到附近的咖啡廳。我已經忘記了當時談的是什麼，但我告訴我自己：「這兩個人已經不可能分手，必須給他們想想辦法……」。

這個生活太可憐了……。我雖然這樣感覺，但年輕的兩個人卻好像過著雷門．北攝所描繪的情人生活，好像在享受青春日子的模樣。

從此以後，信二有時候會偷偷給他們送去吃的東西、雜誌和花等等。尤其是人家送來香瓜水果籃時，信二一定會掏出幾個送去給龍太郎，因為龍太郎最喜歡吃香瓜。

龍太郎和敏子桑在自由丘大概住了半年的樣子。旋即，運氣不錯，分得公司住宅，遂搬到川崎去。

搬到公司住宅不久的一九五七年二月，長女路子出生。我為看看第一個孫子，曾經偷偷去過幾次龍太郎住處。這裡要比自由丘好一點，但家俱還是不夠齊全，於是我到川崎車站附近之塞卡百貨公司，買了鍋子、大水盆，孫女的衣服等等，去時都給一些零用錢。

至此，堅決反對的我先生，事情既然發展到此種地步，也不能不考慮善後。我偷偷去自由丘、川崎看被斷絕父子關係的兒子，並在幫助他的事情，我先生似乎稍稍知道，因而暗默中有寬恕龍太郎的樣子。

有一天，我提心吊膽地對我先生說了龍太郎一家人的近況，起初我先生默默無言，然後只說一句話：「不得已，就替他辦辦婚宴吧」。

我先生要我去拜訪當時之富士鋼鐵公司永野重雄董事長，感謝他多年的照顧，並請該公司之自從在姫路時代就受其照拂的田中貞次一氏（富士製鐵公司前常務副社長）作媒人，邀請當時之總理大臣我先生哥哥岸信介，佐藤、增尾兩家近親以及龍太郎、敏子桑的朋友少數人……。

在婚宴席上我先生承認自己之錯誤

在婚宴席上，最後我先生突然站起來，說了以下一番話：

「各位先生各位女士，今天非常感謝。我必須在此席上坦白承認。父母的愚蠢是要選擇自己喜歡玩具給小孩，不讓小孩自己選擇自己喜歡的玩具。我犯了很大的錯誤。就是我一直反對選擇這麼好新娘的兒子。

現在我在心靈深處向龍太郎和敏子表示歉意。為這個問題，給在座的公司諸位也添加了不少麻煩，實在對不起。為沒有眼光的自己深深的反省……」。

瞬間，婚宴席上肅靜無比，但也有人在哭泣，旋即鼓掌如雷。我覺得我先生這樣坦誠道歉，以如此悲壯態度說話，應該是空前絕後的事。

「一個人的叛亂」

未參加自民黨之創立

這是成立自由民主黨（簡稱自民黨）不久，一九五五年除夕的事情。在我們家門口有很特別嗓子聲音在喊「噢伊」。我知道他是池田勇人桑，遂趕快出去接他。他一手提著一大瓶酒，一手提一個桶站在那裡。我問他怎麼一回事。他說：「明天是元旦。我帶來了廣島的牡蠣。先生在不在？」不管三七二十一，他馬上就走進來屋子裡，並望著房裡說「佐藤桑家還能過新年的樣子，我放心了。噢，還有插花……」，他這樣開玩笑說。此時我先生理髮去了，不在家。不久我先生回來了，便和他兩個人一邊喝酒，一邊談論這一年來的世局。

池田桑專程於除夕前來訪問是有原因的。

那一年十一月的保守政黨之合併，吉田自由黨（當時的總裁是緒方竹虎桑）和鳩山民主黨要對等合併，大老吉田先生和我先生兩個人堅拒參加自民黨。因而，社會一般都說「佐藤與吉田同歸於盡」。此時我先生為無黨無派，孤軍奮鬥。

池田桑以為我先生太寂寞，特地帶酒和牡蠣來慰問，當時我深深感覺到男人友情之可貴。

一個晚上來一百人說服我先生

事實上，就我先生而言，保守政黨之合併，是僅次於造船公司貪污案件之很大考驗。

在成立新政黨之前一個月左右，對於我先生便有各種傳說：「佐藤說要和吉田同其行動，但新黨一成立，他一定會比任何人都早參加」；「他是一個心地不好的人，一定算的很好，他的哥哥不是民主黨的幹事長嗎？」；「佐藤必將忘記吉田大恩，投靠鳩山」等等。

但該年十一月四日之「朝日新聞」的「記者席」欄刊有我先生的談話。他說「我是一個頑固的人。由於我是受大頑固者吉田氏的薰陶，沒有法子」。隨即從口袋裡掏出手帕擦著眼睛……。

那時候，不僅是佐藤派的人，同盟者池田派的人，幾乎天天來我家議論紛紛，討論不停。

新黨的自民黨成立於十一月十五日，在其三天前的十二日。許多吉田的支持者來到我家，宛如要出去殊死戰。此時自由黨內部的大部分都認為應該參加自民黨，他們來我家的目的是要對我先生進行最後的說服。

這一天晚上，前前後後來我家的眾議員可能有一百人次以上。客廳、日式房間、臥房、飯廳連茶室都坐滿了國會議員。因為很冷，當時只有客廳和餐廳才有暖氣，其他都是四、五人圍著一個暖爐，大家這樣談話和議論。

據說隔天的十三日，要召開自由黨國會議員大會，以決定參加自民黨的最後態度，我先生和池田勇人桑之去就成為最大焦點。

佐藤派以及與其親近的議員，徹底抗拒參加自民黨的有橋本登美三郎、南好雄、久野忠治、足立篤郎、伊能繁次郎、北澤直吉、瀨戶山三男、中馬辰雄、西村榮一、西村直己、松野賴三、已故愛知揆一（前愛知和男防衛廳長官之岳父、愛知治郎現任參議員祖父─譯者）、小淵光平（故小淵惠三前首相父親、小淵優子前經濟產業大臣之祖父─譯者）、橋本龍伍（橋本龍太郎前首相之父親─譯者）以及渡邊良夫（渡邊恒三眾議員父親）十幾位。池田派對於自民黨採取消極態度。

佐藤對「宿敵」的態度

由我先生的選區山口，紛紛來電報勉勵他說：「即使剩下您一個人，也要堅持自己理念到底，我們作您的後盾」。該年二月的眾議員選舉，因造船公司貪污醜聞，我們家族和支持者，都血淚奮戰。「要宰掉佐藤的就是民主黨」，因此選區的支持者，恨民主黨入骨。

我先生之所以斷然拒絕參加新黨，乃由於選區支持者之大力聲援所致。自由、民主兩黨之爭奪主導權似很激烈，而以保守主流自居的吉田直系者，其心情一定非常複雜。該年二月的眾議員選舉，民主黨成為第一大黨，自由黨勢力日暮途窮，所以說是對等合併，事實上是鳩山體制，但時代的政治潮流是保守黨之融合，這是不可抗拒的趨勢……。那一天晚上聚集我家者，皆感慨萬千，拼命意圖說服我先生。

甚至有一位議員對我抱怨說：「夫人，這是您不對。您先生不入黨，成為無黨無派，孤立無援，這怎麼行？您不講話是不可以的。您要在先生面前哭泣。要叫這樣不行……，纏住他」。

我回答說：「事關政治行動，哭叫也沒有用的」。他又怒說：「夫人，不行！不要這樣說……」。我真不知道該如何是好。

最後我先生說：「諸位意見和擔心我銘記在心。但我的事要由我自己決定」。他沒有改變堅拒不參加自民黨之態度。

如此這般過了很長的一夜，十三日，自由黨決定最後的態度。這一天早晨，召集了吉田系的主要分子聚集位於新宿區諏訪町林讓治邸。林桑是自由黨大老，與當時之益谷秀次眾議院議長，一起說服池田和佐藤兩個人。

我先生早上八點半出門。動身時他說了這樣一句話：「大家好像很擔心的樣子。最後可能剩下池田和我兩個人」。

據稱，聚集在林邸的，以益谷秀次桑為首，有池田勇人、橋本龍伍、保利茂、愛知揆一、田中角榮、小坂善太郎、福永健司氏等十人。在那裡談了什麼，不得而知，但我先生回來說「最後剩下我一個人」。太上老的吉田先生暫且不談，不參加自民黨者只有我先生一人，我先生好像覺得非常意外。

當天晚上，我家又非常熱鬧。佐藤派的青年幹部十個人左右，蜂擁而來，對我先生表示：「您如果真的絕對不參加自民黨，那麼我們也要和您一起屬於無黨無派」。甚至於有人哭著說「您一個人太可憐了，我要跟您跟到底」。

橋本團結了年輕議員

議員之感慨流淚，不能以普通男子漢之痛哭流涕來形容。是從眼睛流下好大粒的眼淚。地板都濕了。因此一時被人家形容說「佐藤家走廊拖著抹布」。

哭的差不多的時候，橋本登美三郎桑（現在之自民黨幹事長）突然對大家說：

「大家要好好想。你們五個人、十個人不參加新黨又怎麼樣？以無黨無派要當選是很困難的。我非常能夠理解你們的心情。你們看看怎麼樣，由我代表各位成為無黨無派陪陪佐藤先生如何？你們放心參加新黨好了……」。

說罷，他遂離開座位。經過兩三分鐘又回來了。他說：「剛才我去向在那邊（指著玄關方向）的各位記者發表過了。『佐藤絕不參加新黨。我將留下來陪佐藤。完畢』」。

其行動之快，真是迅速不及掩耳。在座議員皆異口同聲「啞！」一聲。他完全不裝模作樣，沒有悲壯模樣，光明磊落，明確決斷。向我先生和我打完招呼之後，橋本桑便要離開，我把他送到門外車上。他說：「我現在回家，準備帶太太到熱海」（馳名的溫泉都市……譯者）。說完這一句話，從車窗伸出臉的橋本桑眼睛有淚珠。

此外，足立篤郎桑（前農相）也說「要和佐藤桑同行動」，遂回去選區。後來我先生和他通電話，勸他不必同其行動而作罷。

最後，成立自由民主黨時，成為無黨無派者只有吉田先生、榮作和橋本桑三個人。我先生以無黨無派身分在國會一年兩個半月，迨至一九五七年二月一日才加入自由民主黨。

前一年亦即一九五六年十二月，鳩山內閣下台，石橋湛山、岸信介、石井光次郎三個人競選總裁，結果成立石橋內閣。石橋內閣時，已經沒有拒絕參加自民黨的理由，也沒有這種必要，因而我先生遂加入自民黨。

在國會和共產黨「同居」

無黨無派時代的我先生，的確相當寂寞。雖然只是一年兩個半月，但前後跨一九五五年和五七年。在國會的座位是共產黨旁邊，都是孤單悄然，無精打采。休息室也是「小會派」，和共產黨在一起。吉田先生完全不上國會，所以給休息室工友小費要給兩分。

我先生嚐盡小會派辛酸之同時，一有空就到大磯去看吉田先生。由此從吉田先生那裡得到許多精神糧食，學習了極為寶貴的政治哲學，這是我先生「學習的季節」。

我先生雖然是無黨無派的議員，但從前的同志和要好的議員仍然會到我家裡來，聊天政界的種種，以安慰我先生。

此時，許多全國不認識的朋友寫信來鼓勵我先生。甚至有以「貧者之一燈」寄一點錢過來。有的寄來好幾張一百圓的，或皺巴巴的一千圓……，這些都是極其寶貴的「捐款」。東京中野的一位布莊老闆來信說：「日本的學校教育早已沒有修身課，先生勇敢地親自實踐了修身……」。這個人的意思可能是指我先生忠於其恩師吉田先生沒有參加自民黨。

其中，有不知何種用意，寄來許多郵票。大家賜寄的捐款，我統統把它放進我弄乾淨的大火盆裡，好好保管。這是我們不得意時代所受的寶貴恩賜。

這就是日本人的情義，我深感其溫暖，我要合掌感謝他（她）們。

時髦之榮作的悲傷

鬍子是男性最後的裝飾品

我先生在年輕時候，有一陣子留過鬍子。擔任門司鐵路局門司運輸事務所營業主任時，因為感冒休假兩個星期為其開端。爾後在美國、英國在外研究員期間，留了正在流行的柯曼鬍子。

一九三六年回國，此時離開門司鐵路局，在中央鐵道省服務，鬍子修得很整齊，看起來相當帥。

可是有一天早上，吃早餐時，當時四歲的次子信二，好像發現新大陸似地，大聲喊叫「爸爸沒有鬍子！」但我卻完全沒有感覺他剃光鬍子。前一天晚上，從宴會回來我接他，到睡覺，我一直招呼著他……。我和母親，聽信二這樣一說，嚇一跳，遂問說「怎麼了？」他很不開心地說：「怎麼現在才知道？妳們是怎麼搞的，我昨天晚上已經沒有鬍子了」。他對信二很溫馨地說：「你是好孩子。雖然小，還是有我血統的孩子」。他這樣諷刺我和母親。

經過一些時間我問他為什麼剃掉鬍子，他回答說，在前一天晚上宴會席上，有人說「年紀輕輕地竟留鬍子，太自大」，大家便開始整他，有一個女性竟把他的鬍子剃掉一半。

既然被剃掉一半，另外一半就乖乖地讓對方全部剃光。我問「是在藝妓膝蓋上剃的？」他說他也不大清楚；不過並說「鬍子是男性的最後裝飾品，既然被剃光，算了，在心裡想，年紀大的時候再留吧」。

在年紀大的今日，我先生沒有留鬍子，而留長頭髮。是不是頭髮少時要留鬍子？

所謂「不知道的只有太太」，榮作的豔聞很少，世上多認為我先生是蠻守規矩的人。總之，他不是一個通達人情世故的有趣男人。

不過今日回想起來，我先生應該算是享受了他的休閒時光。除打高爾夫球和釣魚之外，料亭、酒吧、彈球盤、麻雀、賽馬等等，他都玩過。

外國女性給他的情書

剃掉榮作寶貴鬍子的是柳橋的藝妓力彌桑。她現在還在工作，新年和我先生生日，我們家大忙特忙時她會來幫忙。

我先生在鐵道省時代，柳橋有一家叫做「哈耶息」的料亭，鐵路關係的人常去光顧這家料亭。

力彌桑便出入於「哈耶息」料亭。不僅我先生，她是鐵道省的諸官員的「偶像」。她是格子不大的美麗藝妓，也作過雜誌的卷頭相片，她的這一張照片，被鐵道省局長、課長放在桌子上或擺在抽屜裡。

力彌桑和「哈耶息」的女招待員有如男性的阿鶴是負責招呼鐵道省官員的。時至今日，忙時阿鶴仍然和力彌桑來我們家幫忙。

我先生出任首相時戒了抽煙，但還是去參加宴會。因為義理人情，少不了與大家的交往，在這種場合他可以換換空氣。

我先生也去過赤坂和葭町，新橋有瑪利千代桑，僕人小豐桑等，有長久來往的藝妓。

尤其是僕人，長的和岸信介兄沒有什麼兩樣，她是舞蹈的名手。其性質也類似岸信介，會令人歡欣；買烤地瓜給我先生吃的可能也是她。因我先生把僕人叫做「姊姊」，所以很不高興。所謂與藝妓交往，我先生也不是木石，不可能全是料亭的清談。我問過我也去過的柳橋的藝妓，她說：

「我先生會說很有趣的笑話，也很會說相當黃的黃色笑談」。這還算好，據說有過這樣的事體。即在宴會席上對兩三個藝妓說：

「我釣魚釣的很不錯，釣女人也是很厲害的，不過釣到的女人不能帶回家去」。

據說男性釣女人叫做陸釣，在新橋附近，我先生一時，據稱曾經與已故先代市川團十郎被稱為「兩人團十郎」而極受歡迎，可見相當不錯。

惟因他不會把問題帶回家裡，好像外邊也沒有小孩（？），因此不必吵吵鬧鬧。

不僅料亭，我先生也常去酒吧。因同鄉關係，他去友人三好淳之桑經營的「羅莫爾」，川邊留美子桑經營的「愛斯坡阿爾」酒吧等等。但出任首相以後，就不再去酒吧。

這是好早以前的事，他從在外研究員生活回來時，不知道什麼意思，帶回來染有許多口紅的圍巾。在外國參加聖誕節派對，穿著晚禮服，要帶純白而亮麗的圍巾。它染上口紅會顯得特別鮮紅而妖豔。他不可能無意中帶回來的。應該有依依不捨的原因。

回國之後，倫敦的女性來了幾封情書。我先生看完了之後要把它燒掉，我把它搶過來看，大部分信的最後皆有紅色接吻符號。

「給你熱烈的接吻」，這在歐美人書信中最後常有的一句話。但這樣活生生，直接了當的文字表達還是會令我很吃驚。文字遣詞，有使人覺得這個女人會到日本來追榮作的感覺。所以有一段期間，每每收到由外國來的信件時，都會令我提心吊膽。

醉的躺在馬路上

我先生從年輕時候就不大喝酒，只有一次醉得不省人事。

在監督局長時代，一個部下要去當兵，參加其歡送會。那時候我們住在柿木坂，晚上很晚，對面的田村源三郎桑（當時在三菱銀行工作）喘著氣來告訴：「妳先生躺在車站附近馬路上。我想把他扛回來，但他太重了……」。

起初我半信半疑是榮作……。總之，我和母親、幫傭趕到「現場」去看看。

附近車站，東橫線之「府立高校」（現今之「都立大學」，前幾年改稱首都大學）與我家距離，普通男人走路大約五、六分鐘，我先生臉朝天躺在中間路段坡上，真的完全人事不省。

我們三個人，好不容易把他抬起來，但抬不動，只好半抬半拖，把他拖回家。

那一天恰好是國會開會儀式的一天，監督局長的我先生以政府委員身分穿著大禮服出席。所穿大禮服由之皺得一塌糊塗，令人不忍睹。

我先生在開會儀式之後，去歡送要當兵的部下。早上出門時帶去他喜歡的奧多巴威士忌，在宴會席上，混合威士忌和日本酒喝而喝醉。

新聞記者贈送彈球盤機

我先生對於賭博也有相當才能。在倫敦的賽狗中他說他贏了不少錢。因為有錢，女性便喜歡他，圍巾之有許多口紅吻痕可能就是由於這種原因。

他也喜歡賽馬，一九五八年出任大藏大臣（財政部長）之前，他常常和已故河野一郎桑等一道去。我也跟著他去過幾次天皇賞等重賞賽馬。

雖然沒有賺過什麼大錢，但也沒有賠過錢。出任大藏大臣之後，他就沒有再去了。

許多人可能知道，我先生從高中時代，為了消遣，五十多年來，常常一個人用橋牌算命。看書看膩了，他就玩橋牌。

至於橋牌競賽，在門司鐵路局時代，常常到當時之吉田浩局長（已故）官舍去玩拍賣式橋牌。

對於這一位吉田桑，我先生經常懷念說「他很像一位學校校長」。我先生出任首相時，吉田桑很高興地說「我多活幾年是對的」。

在吉田局長官邸打橋牌時，榮作之上司白井季吉桑（已故）也經常來，我先生說，他是一個非常好的人。比賽過程中興奮時，年輕氣盛的榮作竟喊叫白井前輩為「白井！」非常不禮貌。

這種時候，吉田局長便會在桌子下面伸出腳大力踩榮作的腳。起初覺得怎麼會這樣，後來發覺自己之不禮貌，馬上反省自責。

這位長官不但令榮作玩，也給予禮貌上的教育。玩彈球盤始於我們租三田小山町房子的時候，那時我先生喜歡金馬桑（已故）、柳橋桑的落語（日本的單口相聲），常常去附近之麻布十番（地名）相聲場去聽他們的相聲。回家之前，會在十番附近彈球盤店玩一陣子。那時他常帶巧克力糖和罐頭等獎品回家。

不久，彈球盤店老闆認出他，問是不是佐藤先生，結果讓他容易中獎。得到這樣特別照顧就不好玩了。對其他客人也不好意思，實在一點衝勁也沒有，因此改變去其他的彈球盤店。

搬到代澤，出任大藏大臣之後，仍然玩彈球盤，回家途中，叫秘書、司機和警衛統統回去，一個人在那裡玩彈球盤。

我先生說，比較能夠中獎的是，外邊擺著許多花圈的新店舖。記得是我先生擔任自民黨幹事長（秘書長）的時候，要好的記者們贈送他一臺彈球盤機器。他非常高興，大約一兩個月，在家中玩這一台彈球盤。但覺得打中大獎有稀哩嘩啦掉下來的聲音和歌曲的店才過癮，所以也就不再玩在家裡的那一部機器了。

抱著嬰兒打麻將

我們夫妻學會打麻將是一九二八、九年左右的事情。當時，我先生在門司鐵路局服務。這是從上海回來的朋友岩瀨悌（已故）、佳子（佳是平假名日音譯）夫妻，以其學自「發祥地」而教我們的。

鐵路局的同仁幾乎每天晚上到我們官舍，打麻將打到很晚。金丸富夫前參議員（現今日本自動車即汽車會議所會長）是我先生鐵路的同期，是那個時候的麻將伙伴。

人數不夠時，我也常常被拉「公差」湊一腳。因為長子龍太郎出生不久，我抱著他打麻將。

打麻將中，令兒子在隔壁房間睡覺，但耍牌加垃加垃聲音會吵醒他，開始哭。於是我把他放在我膝蓋上，用皮帶把他綁起來，不讓他亂動。

有如袋鼠，熱中於打麻將時，把小孩擠在胸部和麻將桌子中間，有時候頭碰到桌子邊邊，大聲哭叫起來。

當時，火爐是炭火，一定會從火爐棉被漏出一氧化碳，在衛生上這對小孩非常不好。

有一次，龍太郎臉色蒼白，沒有力氣，覺得大有問題，遂趕緊打開窗戶，換換空氣了事。如果是今日的教育媽媽，一定大發雷霆，的確不像話。

這個龍太郎，現今四十六歲了，據說他的打麻將本事是三段。有一次回來老家時，半諷刺地說，「我嬰兒時候被媽媽抱著閘麻將長大的」。

我們家的「麻將癮」，搬到東京之後仍然繼續。公務員時代，如果沒有宴會，幾乎在家裡打麻將。在柿木坂租房子住的一九三五、六年左右，和房東的兒子們開夜車打麻將。

房東的岩滿重桑（已故）是鹿兒島縣人。非常親切，體貼薪水不多的我們，將房租六十五圓減到六十圓，我們對他真是謝天謝地。

那時，岩滿家有三個學生。岩滿達巳、北鄉輔宏和北鄉普佐夫桑，分別就讀於橫濱專門（專科）學校、慶應大學和早稻田大學。岩滿家是富戶，我們的房租，算是給這些孩子的零用錢。

我先生對這三個孩子說：「你們給我們減少五圓房租，我現在免費教你們打麻將」，幾乎每天晚上教他們打麻將。

一九四一年十二月，爆發太平洋戰爭不久，我先生出任鐵道省監督局長，報紙標題稱「肚量大的新局長……」。當天晚上和三個學生打麻將時，一個學生說「嘿，奧吉桑是地位蠻高的人，完全不知道」；並開玩笑稱「說是肚量大，打麻將卻不讓」。

我們常和房東家人一起吃飯，不知不覺之間好像在共同生活的樣子。慶應大學學生的輔宏桑，應考三井物產公司時，我先生還給他模擬口試稱：「要記得，最後告訴你一個秘訣。即使你去應考，你不是他們的員工，不管口試的是誰，不必畢恭畢敬，要大膽而勇敢地回答。不要有欲獲錄用的念頭。要有公司要請我來工作的氣概」。

日後我和這個人見面時，他對我說「妳先生所說的話是非常好的建議」。

我先生的麻將打法，正如其人，絕少宣布到，穩紮穩打，非常踏實，因此既不會大贏，也不會輸的離譜。反此，我會猜，急性，因而會大贏大輸。

身為政治家的我先生，算是運氣非常好，不管是打賭或和對方對決，都很順利。「一直等機會，機會一到，就勇往邁進，機會欠佳，等！不逞強」。

我先生喜歡「啐啄同機」這一句話。這是孵蛋時，母鳥和雛鳥從內外破殼時機要一致的意思，是自然絕妙之攝理的禪語，可能是他的賭博哲學。

政治家夫人的內助之功

一九七四年二月，連在魯班格島發現的元日本兵小野田寬郎（他是台灣高山同胞，中國名字叫做李光輝……譯者）氏都知道佐藤首相年輕時打過老婆（三月四日「朝日新聞」），令我非常驚訝。

連長達二十九年與外邊完全隔閡，孤獨過日子的這個人都知道這樣的事，令我覺得非常不好意思，又使我的心情很複雜。這個「事件」是一九六九年一月三日在「週刊朝日」，和遠藤周作先生對談時我說的：「我先生好可怕。力氣又大。他打過我好幾次」；「長子同情我，說將來我結婚不會打太太……」。這是問題的起源。

傳說「首相夫人想自殺」

這個故事以外電報導立即傳遍各國，掀起世界風潮。於是有好多外國人寄來同情我的信：Oh, poor Mrs Sato……（可憐的佐藤夫人……）。我先生以「打太太」的丈夫，成為世界女性的敵人。在國內，我備受責難。「首相夫人不能公開這一種事。這將給外國人日本是野蠻國家的印象。請自愛自重……」。對此我先生勉強諷刺說「自此以後我看報紙上所登週刊雜誌廣告，擔心妳有沒有再說什麼」。

經過一段時間，我覺得非常糟糕，遂開玩笑說：「我很想吊死」。這又傳到外國去。有一個人從加拿大寄來這樣的剪報。它說「日本首相夫人以『信口開河』為苦，要自殺（hanging）……」。可是日語微妙的意味完全消失了，而為名符其實的英語，要自殺，真糟糕。

打太太事件，外國的反應絕對多數是批評我先生的。只有一個外國人替我先生講話。這一位曾經在日本舊制高等學校（大學預科）教過書的德國人奧多·堃攝爾桑夫人的信說：「佐藤夫人之所以為那麼了不起的女性，是因為佐藤先生在年輕時候予以嚴格訓練的結果。斯巴達式教育還是好。由此我更加喜歡佐藤先生」。

這個事件讓我重新思考政治家妻子之立場。

深夜記者之「入侵」

政治家的家庭幾乎沒有所謂隱私權。睡覺起來，連筷子的拿法，都有人在看。「因為是公眾人物」，沒有法子。

我先生初出政界時，曾被前輩廣川弘禪桑（前農相）鄭重注意和提醒。「你和池田君（勇人氏）都是官員出身，一定要去除官僚氣質和作風。白天也把家裡門口上鎖是不行的。要把大門打開，令任何人都能進來才行」。

我家一直遵守這個教訓。這是我先生擔任自由黨幹事長之一九五三年左右的事情。在世田谷的住家，某一天深夜，凌晨一點多……。

我還在臥房看書，我先生已經睡著了。此時我覺得好像有人。回頭一看，枕頭旁邊有一個人站在那裡。瞬間，我嚇死了。我跳起來並問：「誰？從那裡進來？」

這個年輕人平心靜氣地說「從那邊（指著飯廳方向）。我以為妳先生在這裡……是要採訪的，夫人」。

這個人好像喝了酒，口齒不是很清楚。醒過來的我先生怒說「你幹什麼！」是平常很熱心的NHK記者森川明（已故），便苦笑起來。

這個人的綽號叫做蝙蝠。他大多白天睡覺，深更半夜凌晨兩三點鐘去採訪。

總理大臣夫人的身分時，覺得最討厭的是和我先生乘同一部車子出門的時候。既有嚮導車，有時候還拉警報，好像在耍權力開車的感覺。非常不好意思。

有一天，從鎌倉的別邸回來公邸時，有人打電話來首相官邸抗議說：「佐藤首相好可惡。他帶著可能是愛人的年輕女性，由警衛車護架在跑。我親眼看到！」

把我看成「年輕的女性」是有一點不好意思，但看著首相的車子一部一部追過去，他一定非常不服氣。這一種心情我是能夠理解的。

議員的夫人們，也多很用功。從政治、經濟、外交，以至學術和文化，都得懂，婦女研習會（樋口稔子事務局長）一個月舉行一次，邀請各界名流擔任講師，從事讀書或到現地參觀。同時與外國人接觸也多，因此也得學外語。

我先生出任首相以後不久，我也開始學習英語會話，一直繼續到現在。老師是在廣播界馳名的詹姆斯．哈理斯桑。

一九六五年的一個時期，哈理斯老師，除一般上課之外，也開了很有用的短期速成班。哈理斯老師雖然是意大利人，卻非常認真教英語。據稱，七個星期就能會話，沒有問題。

這個班，在我的朋友M夫人家上課，學生稱其為「私塾學校」。除星期天外，每日從早上八點半上一個半小時，效果非常之大。

伊藤鈴三郎（百貨公司松坂屋社長）夫妻、畠山清二．忠兄弟（荏原製作所專務、荏原服務公司專務），年輕的企業家等十幾個人當中，政治家太太，只有我和已故愛知揆一氏（當時為文相）夫人的富子桑兩個人。每天有功課要作，隔天要報告功課的成果。我因為太忙，功課作得不夠理想。

富子夫人的英語好，她自己有實力，先生又給她細膩的指導。再忙也幫夫人看英文，她先生的那誠摯的背影仍在我腦海中。沒有作好功課的我，都抄愛知夫人的筆記簿，合法地作弊，被老師叫時，便裝若無其事地照本宣科，老師便說「very good」而得到誇獎。

深受暴力學生母親愛感動

我先生擔任首相期間，我每天收到來自全國各地的信件。從憂國之意見，以至愛情、金錢之商量，包括一切問題。

一九六九年一月，東京大學安田講堂事件時候，許多母親寫信給我。大部分都說：

「妳也是母親，應當能夠理解學生運動中被抓兒女時候的心情」；

「我們家的小孩身體虛弱，容易感冒，請能早一點從拘留所放出來」

等等。其中最令我感動的是，只寫名字，郵戳是世田谷區，沒有地址。信說：

「我兒子也是因為學生運動而被抓去的，年輕不會因寒冷而搞壞身體才對。我去拘留所看他，當時他在一隅正在看書。我想這是他思考問題的機會。請能多留他幾天」。

它讓我不由地留下眼淚。

在父母溺愛或過分保護兒女的今日，這令我看到對兒女的真正關愛。

政權末期，佐藤內閣支持率下降，每日遭受到報紙抨擊時，「勉勵」我先生和我的信件大量增加。這些人可能同情我們。來信最多的是，我先生要辭去首相時，喊「新聞記者出去」之電視報導之後。

那一天，官邸和公邸電話響到半夜，也來了一大堆電報。隔天更來了數不清的信件。當然也有「豈有此理」的批評，但絕大多數是「勉勵」的書信。

我先生苦笑說：「比我上任總理大臣時候還要多」。

守靈席上從事選舉活動

據說，我們政治人物的太太，選舉完了之後，大家的面相都會變。臉色變黑是家常便飯的事，有的人瘦得像皮包骨，瘦得看起來好像眼睛特別大。有的人變得皺紋特別多，白頭髮多了許多。

平常大家在一起聊天，談到選舉之艱辛，那更是五花八門。

我先生擔任首相時，他同時又是黨的總裁，必須到全國各地去演講助選，所以我先生的選舉，都是由我和兒子代打，我們得坐宣傳車到處奔跑和講話。

有以下種種奇特故事。「夫人，就這樣簡單嗎？在街頭喊叫，個人演說幾十次這太簡單了。我們的選舉實在太辛苦了」。

東京附近某縣眾議員夫人，因挨戶個別訪問違反選罷法嫌疑，在投票前兩天被捕，被關進拘留所。她說：

「投票那一天，我被關在拘留所，不能給我先生投一票，實在太遺憾了。死心，開始打盹，黎明時從拘留所窗戶塞進來一張白紙，一看，寫著『剛剛當確』（確定當選）。我在心裡想：即使終生在這裡頭我都願意……」。

另外一位夫人說：「我先生的女性關係一直令我哭泣。但一開始選舉，他完全靠我。選舉時我先生的心才和我的心一致」。還有這種說法。政治人物的太太是非常可憐。在日本海那邊的前議員夫人說，同樣在投票前被逮捕，因為擔心先生擔心得要死，因而，不吃不喝四十多個小時，警察束手無策，遂把她放出來。

東北的某眾議員，壯年去世，其夫人告訴我的故事，至今難忘。她說：「一個眾議員去世時，有在心中非常高興的人。我必須忍受這種殘忍……。我真是希望比我先生先死」。

她氣得全身發抖。欲佔眾議員位置的一個人來守靈，在她面前流淚深深表示哀悼。可是他遂到另外一個房間，鬼鬼祟祟和人家商量剛去世的這個眾議員位子。

在眾議員棺材旁邊，和在眾議員夫人面前流下的眼淚都還沒有乾的這個傢伙，竟向來守靈的人商量要出來競選事……。這一種人實在太無情了。

欲佔這個位置的人，或許不是在高興「人家之死」，或忽視去世者，只是一心一意想要這個席位而已也說不定。

政治人物的太太之中，有自己先生患重病，可能隨時會去世，而欲隱瞞的人。和我先生蠻要好的某議員去世三天前，對人家問起她先生時，她還笑容滿面回答說，「我先生旅行去了」。

聞悉該議員去世趕去的我先生責問其夫人：「為什麼要隱瞞？」她回答說因為繼承者問題非常錯綜複雜，她一直希望出現奇蹟，不欲告訴人家她先生的病危。

採訪佐藤記者之艱辛

獨家消息未能見天日

一九五二年八月二十八日，吉田首相突然解散眾議院，黨內自不在話下，媒體都不敢相信。

但在解散之前，有一個記者得到這個特別消息。即解散前一天晚上半夜，「日本經濟新聞」的今村斌記者（已故），人們叫他今桑，來我家採訪。我家剛從祖三田小山町的房子搬到現今之世田谷住宅，連行李都還沒有整理好。

我先生準備洗澡出去走廊時，今桑越過零亂的行李堆，走近我先生問說：

「明天會不會解散？」我先生怒說「你這個討厭的傢伙」。然後指著人家送來的祝賀喬遷的酒說：「帶一瓶回去，慶祝慶祝吧」，而進去洗澡。

今桑頓覺「慶祝」這一句話有深意：如你所說，明天會解散，這是你的秘密消息，趕快回報館慶祝……。

今桑這樣解讀我先生的暗示，與高采烈地趕回報館，告訴編輯。編輯可能不大相信今桑的樣子，不同意今桑寫這樣的文章。因此該報沒能刊出「今日（二十八日）解散」的報導。

一般來說，這一種預測報導都是由編輯綜合諸多記者之採訪消息來寫的，所以今村記者之意見未能獲得採納也不是完全沒有道理。

不過「日本經濟新聞」還是以小小篇幅報導說「解散已逼近」，暗示解散時間不會太久，比其他報紙言論還略勝一籌。當時由於黨內也多認為「解散是九月以後」，所以如果今桑的信息刊登出來，那是不得了的獨家新聞。

解散之前幾天，經濟記者的今村桑已經感覺吉田首相身邊的財界人士有一些特別行動，因此訪問過幾個大臣和國會議員。但大家都說「絕對不會解散眾議院」。最後到我家來。

當時我先生是郵政大臣，為吉田首相所重用，到去年擔任自由黨幹事長，因此我猜測也知道首相的真正想法。

據說，今桑因這個「最近會解散」的報導在報社得過獎。但他還是很不服氣。

「夫人，這是作為政治記者之我一生的獨家消息。非常可惜沒有刊出今天解散」。他一直念念不忘這一件事。

慰問浪人生活的會

我先生是一向不隨便說話的人，也不會說口頭應酬的話，因此專門採訪我先生的記者都非常辛苦。但對於工作以外的事體，他都會和記者聊天和交往。

一九五五年秋天保守政黨合併，成立自由民主黨時，如前面說過，我先生並沒有參加自民黨。

那時候出入我家的記者有今村斌（日本經濟新聞）、佐藤達郎（時事通信社，現在之社長）、上野英夫（讀賣新聞，現在之英文讀賣新聞總編輯）、岡本文夫（中日新聞，現今主筆）、柴田敏夫（朝日新聞負責電波）、山田榮三（朝日新聞—NET—石油開發公團理事）、村上巖（每日新聞，現今電波本部長）、渡邊喜久雄（北海道新聞，現今總編輯）、土屋通夫（讀賣新聞—布利吉斯頓液化瓦斯副社長）、八尋正也（東京新聞

NET－福岡廣播公司副社長）、富岡正造（產經新聞－新潟總合電視公司副社長）、菊地幸作（共同通信社－計程車近代化中心副社長）等等。還有佐野弘吉桑（朝日新聞－NHK副社長－NHK顧問）。

而最令我懷念的是這些人組織了「淡島文化會」這樣的親睦會。所謂淡島是我們住家世田谷區代澤附近一帶的地名。

成立這個會的用意是，欲安慰沒有職務的榮作，並勉勵他。

這個會每個月舉行一次觀賞新劇、歌舞伎、新國劇或寄世等等。記者們最喜歡的是新國劇。我先生也非常愛好新國劇。

新國劇最叫座的一個是「復甦的熱球」，大家在觀賞時，我先生哭了。我先生也在領導一個派閥，眼看扮演成績欠佳之棒球隊教練的島田正吾桑，克服各種不幸和困難，不顧一切，鞭撻選手有所感觸而流下眼淚。

又辰巳柳太郎所主演的「大菩薩峠」，也是和記者們一起欣賞，令人難忘的新國劇。

那個時候，去東寶名人會時，出演漫談（單口相聲）的南道郎桑看到榮作，遂來一個「佐藤榮作物語」。

它以與恩師吉田先生同其行動，沒有參加保守政黨合併之自民黨，屬於無黨無派，實為今日道德之楷模，修身之榜樣，大捧特捧，捧得我先生深感無地自容。

政治家間的管道

現在我來介紹兩三位記者……。

每日新聞的村上巖桑為從前之陸軍的出身。一談到戰爭，他便會說：「美軍登陸琉球之後，日軍中被打第一槍的是我」。

琉球戰爭結束之後，一直躲在洞穴裡頭，一九四五年十月才出來。如果在魯班格島，可能會和小野田少尉一樣。

採訪佐藤當時，他和二十來歲的年輕記者一樣，是一個熱血沸騰的人，他非常佩服我先生，我先生也很喜歡他。

在政治部記者時代，他最喜歡跑第一線，不出任編輯或部長（主任），幹「非戴冠帝王」二十年，據說在該報館絕無僅有的紀錄。

岡本文夫桑是，東京新聞和中日新聞合併時候的第二代政治部長。出入我們家時的綽號叫做「殿下」。皮膚黑黑，臉很像南洋某國之殿下，因而名之。由於是「殿下」，所以不擅長於像挖馬眼睛般的獨家消息或採訪競爭。但他認真用功，所以我先生便說他：「雖然不是能幹的記者，但一定會有好的成就」。因為他常常出入已故川島正次郎邸。他就政治家川島先生的真正偉大，時或說明給我先生聽聽。

有人戲稱川島先生為「策士」，擅長謀略。但川島先生年事大時還是很有外交智慧，對未來極有眼光，深具領導能力，是為一顆巨星。

在佐藤內閣時代，他擔任自民黨副總裁，為黨政不可多得的樞紐。

川島政子夫人也是東京人，是一位非常光明磊落的女性。川島先生去世之後，一直跟我有深交。

佐野弘吉桑是，從我先生擔任第一次自由黨幹事長時的一九五〇、五一年左右在朝日新聞，後來轉職NHK。現今之體格看起來很有分量；擔任第一線記者時，是瘦瘦，戴著銀色鏡框眼鏡，非常厲害的角色。

佐野桑來我們家的時候，有時候先到的其他記者，都會跑到澡堂去。以其為銳敏記者，其他報社記者多會敬遠他。

一般而言，政治記者大多熱衷於採訪人事問題，但佐野桑喜歡談論外交政策或議會政治，討論天下國家大事。因此常和我先生討論各種問題。

他為人直情，因對已故廣川弘禪桑直截忠言，據說被生氣的廣川桑叫他「滾出去！」

以上這些人，算是專門採訪佐藤的第一世代記者；第二世代是我先生和池田（勇人）桑競選總裁時候到我先生出任首相前後時期。

這個世代，以麓邦明桑（共同通信社─田中首相秘書─日裝KK社長）為「幹事長」，有楠田實（產經新聞─佐藤首相秘書官─社會工學研究所理事長）、菅田敏（NHK）、畑源生（NHK）、山室英男（NHK，現任NHK解說委員）、松山幸雄（朝日新聞，現任駐紐約特派員）、小笠原龍三（朝日新聞，現任編輯委員）、赤松大麓（每日新聞，現任學藝部長）、諏訪正（每日新聞，駐巴黎特派員）、青山行雄（讀賣新聞，現任廣播電視推進本部長）、本田晃二（東京新聞，現任副總編輯）、宮脇道生（東京新聞─不昧堂出版社副社長）等等。

「猜測」榮作之心中

第三世代有岸本弘一桑，（時事通信社，前政治部長）、松崎稔（共同通信社）、中野士朗（讀賣新聞）、海老澤勝二（ＮＨＫ）桑等等。不過自我先生出任首相以後，事實上不可能像從前那樣和記者個人來往。

會面都是在官邸，電視攝影機排成一排採訪，此外有年輕記者在留意，隨時隨地將首相之動靜報告報社。從前專門採訪佐藤的記者，後來據說逐漸分成佐藤派內的兩個系統，田中（角榮）系和保利（茂）系。

出入池田勇人前首相住邸的記者，有時候也會到我們家。其中與我們比較熟悉的有田中六助（日本經濟新聞—眾議員）、後藤基夫（朝日新聞，現任大阪本社社長），伊藤昌哉（西日本新聞—池田首相秘書官—東急建設公司董事）等人。

迄今為止，來過我們家的記者超過幾百人，實在數不清。但像榮作使記者難堪的政治人物恐怕也絕無僅有。

政治記者多認為，「淡島不可能有獨特消息」。我先生似乎也蠻在乎這一點的樣子。他說「我說了不少事呀」。可是我先生說的並不是那麼明白，多是暗示的性質，點到為止。下來的只有從他的習氣或表情去判斷。

記者們似也懂得這一點，我所知道我先生習氣有幾種。被追問時他會說「我不知道」，說非心裡的話時，他大多會稍稍向左右搖擺，有如大腿之搖擺……。這種時候我認為他的「舉動不詳」。

我先生的性格沒有辦法正面看對方的臉說假話，他會稍稍往下看。人家對他很認真的在說話時，他有一個好像毫不關心的壞習慣。他會盯住一張畫看，也會一直望著窗外，好像無視在眼前說話的人。

但是我先生，似乎在以最自然最輕鬆的態度和心情聽著對方說話。他是在認真聽對方的話，但其態度會使人家覺得心不在焉可能也是事實。

我先生發脾氣或不高興的時候，會拍桌子。一九七二年六月十七日，他在官邸會客室發表隱退聲明時也這樣做過，各位可能在電視看過這樣的畫面……。

・難忘的人們・

喜歡「正心誠意」的恩師吉田先生

我先生在首相任內，也常帶我去大磯看恩師吉田茂前首相。我先生是吉田先生的得意門生，小吉田先生二十三歲，但往訪時都會稱呼「耶，歡迎總理（大臣）來」。吉田先生一定穿日式禮服出來迎接。而且在客廳，他都請我先生坐上座。起初我先生不敢當，堅持不坐。

但吉田先生卻說：「你是一國的宰相」，叫我先生一定要坐上座。對我先生也不叫「佐藤君」，而一直叫「總理、總理……」。

晚年，吉田先生生病在床上，我們去拜訪時，他會起來，照樣穿得整整齊齊接待我們。絕不會穿著睡衣在床上和我們見面。因此他身體真正很差時，我們就不敢隨便去看他了。

我先生穿著之規規矩矩，也是吉田先生無形中教誨之所賜。

社會上似有人認為，吉田先生以元老身分從大磯在發號施令，控制國家政治。時至今日，恐怕還有人這樣相信。但我相信在實際上吉田先生從來沒有指示過「要這樣作，那樣做」。

不錯，有關外交問題等可能和吉田先生商量過，但吉田先生都說「我覺得是這樣」，只是提出他個人的意見而已。

我第一次會見吉田先生是一九四〇年，我們的表兄吉田寬（外交官）病逝的葬禮席上。我先生或許在此之前見過吉田先生也說不定，但我記不得了。

命令一定要帶太太出席

吉田先生長女櫻子桑是寬的太太，因此我們和吉田先生算是姻親關係。出席女婿之葬禮的吉田先生完全沒有說話，一直閉著眼睛。

我伯父松岡洋右和吉田先生在戰前都是外交官，有來往。但吉田先生有如貴族，松岡是野人派，性格又不同，彼此是很好的對手。

我記得第二次和吉田先生見面是，松岡以戰犯病死於拘留中的一九四六年六月。伯父結核病惡化，去世前十天左右，由於美方之善意，特別把他從巢鴨放出來，住進東京大學醫院。伯父遺體回來千馱谷家那一天，吉田先生穿著日式禮服前來。他半跑步般地走近遺體，拉開白布，流一陣子眼淚，令我難忘。

以後好久沒有見面的機會。一九四八年，我先生被提拔出任第二次吉田內閣官房官長時，我也沒有去拜訪。我先生一向認為，「太太不必去大人物處……」。

惟由於吉田先生是外交官出身，要正式拜訪別人時，帶太太去是理所當然的事。據稱，吉田先生特別交代，「要來大磯時一定要帶太太來」。因此第一次到大磯時我先生帶我去了。那時還沒有搬到吉田「公館」，住在老舊的粗造房子。

談對於吉田先生的回憶時，我一定想到一九五四年十二月七日，第五次吉田內閣辭職前一天晚上的事。

六日，我先生回家之後，到深夜，電話一直響個不停。上床之後，我先生還在說「貓好吵」，「狗在叫」，翻來覆去，到七日早上一直沒有睡。我先生這樣苦惱，一個晚上完全沒有睡，這算是是空前而絕後。

一般來說，我先生是能吃能睡的一個人。神經相當「大條」，在首相任內，不管政局怎麼緊張，面對再複雜的問題，一上床就睡著。

念師不能入眠

吉田內閣快要壽終正寢時，在保守陣營內部，鳩山一郎桑等成立日本民主黨，挑戰自由黨。自由黨似乎也分成主張吉田內閣之辭職和解散眾議院兩派。六日那一天，民主黨和左、右社會黨三個政黨，同意要對吉田內閣提出不信任案。主張解散眾議院，為內閣開出一條生路的只有我先生和池田勇人桑少數人。自由黨副總裁緒方竹虎桑卻支持吉田內閣辭職，決定與吉田先生分道揚鑣。

那一天晚上我先生心中，只有想著自踏上政壇以來的恩師吉田先生之事，一定萬感交集。敵方政黨的民主黨幹事長是哥哥岸信介。因此我先生的心情極其複雜。

吉田先生常說：「要贏得漂亮，也要輸得漂亮」。吉田先生處理戰後事體的基本原則就是「要輸得漂亮」。吉田先生的座右銘是勝海舟的「正心誠意」。要重視國際信義是吉田先生一再對得意門生之我先生等諄諄告誡的。他說「我們必須嚴守外交的秘密」。

我先生還沒有出任首相之前，吉田先生曾經這樣說過：

「就一個領導國家者而言，受歡迎（原文為人氣，人氣已經變成台語……譯者）固然重要，但不必考慮受不受歡迎，而應該思考國家前途，為此好好奮鬥。

兼備這兩種是理想，你如果出任首相，你或許只能作後者。受歡迎這個東西，多講，好好作宣傳相當程度上可以作得到，因為你是默默作事的人。這樣就好」。

吉田先生被稱為「獨夫」，往往被認為是頑固不化的人。其實他是一位神經細膩，心地善良的人。

戰後，對於被盟軍公職整肅，遭遇欠佳的人，過年過節他多送禮送東西，予以照拂。

他說他有「安慰寡婦的習慣，喜歡跟她們見面」。他常常邀請近衛文麿公爵、牧野伸顯伯爵、齋藤實前首相、鈴木貫太郎前首相、松岡洋右等之老寡婦到大磯聚餐。

講究飲食的吉田先生，當然請來了日式和洋式廚子作菜，作一流料亭的套餐。

松岡夫人，也就是我舅媽，自洋右去世之後，第一次到大磯時，吉田先生竟對當時七十多歲的舅媽說：「妳也老多了」。即使是古稀之老太婆，究竟還是女性。舅媽答說「哈！」一聲時，吉田先生稱：「不，我的意思是說，比妳漂亮極了的新娘時代老了……」，遂哄堂大笑。

「我有三個不喜歡的男人」

我和我先生去過大磯幾次，我曾經問過吉田先生幾個問題。曰：「先生那麼健康，是不是有特別的養生之道？」吉田先生裝模作樣地回答說「吃的東西不一樣」。「吃什麼？」我問。我以為他真的有什麼特別的菜餚，可是他卻說「吃人！」。他這一句笑話，由之傳遍每一個角落。

我又問他：「認識的朋友一個一個走了，會不會覺得很寂寞？」他回答說「是很寂寞。不過看一個人走了，到底是幸福還是不幸很難說」。

吉田先生又說：「世界上我有三個不喜歡的男人。但我卻比這三個人活得更久。討人厭惡的小孩到社會上反而有出息」。

三個人之中的一個人據說是日本人，但他沒有說出其名字。

吉田先生的妙語在陛下面前也發揮過。

我先生於一九六四年十一月九日就任首相。隔天在赤坂離宮舉行了皇宮園遊會。

剛剛上任首相的我先生只有畢恭畢敬。此時陛下對吉田先生說「大磯大概很暖和吧」。吉田先生回答說：「是很暖和，但我的荷包很冷」。陛下由之大笑起來。我先生的緊張也因此而緩和下來。吉田先生的妙語實在妙極了。頁的相片就是那瞬間拍照的。

吉田先生對於我先生最重要的薰陶是「要愛護皇室」。吉田先生之「臣茂」這兩個字無人不曉，改建大磯公館時，正面能夠看到富士山的二樓最好客廳上方，便掛著兩陛下以及皇室各位相片，配以紫色幕，早晚慕拜。

吉田先生寫過池田勇人桑等許多人墓碑。其文字之氣概，連書法家都非常佩服。有一天，在青山墓地步道看到緒方竹虎墓碑的魯山人（姓北大路，陶藝家、書法家，已故）。他極欽佩其雄渾的筆勢，很想見見寫這個字的人。據說他特地去大磯拜訪吉田先生。

於是我遂拜託吉田先生也能替榮作寫一個。當時他看我先生一眼，並微笑說「只要妳先生同意，我隨時可以寫」，但結果沒有寫。

吉田先生來過我們在鎌倉長谷的別邸兩三次。這個別邸是我先生出任首相時，「純粹為靜養而租的……」，是舊加賀藩之前田家的房子，從沒有邀請過政界、財界人士來過這裡。

但只有吉田先生是特別。他好很喜歡這個房子的樣子。他說：「總理，我從來沒有去過門生的家。但我喜歡這個房子，所以才來。要不要和我在大磯的房子交換？」是在開玩笑，還是說真的，不得而知。我先生表示「對不起，這無法遵命」而苦笑著。

不愧為加賀一百萬石諸侯所擁有之公館，因此吉田獨夫才那麼喜歡，不過因為是租的房子，自不可能隨便跟別人交換。

依依不捨往訪東南亞

吉田先生去世於一九六七年秋天，我先生以首相身分帶我第二次訪問東南亞。

訪問印尼、澳洲、紐西蘭等，大致完成菲律賓之行程的十月二十日。我們住在馬尼拉的迎賓館，出席馬拉卡尼安宮殿午餐會後，得悉吉田先生訃聞。

那是下午一點半左右，我先生回來房間開始脫襯衣時，陪同的本野盛幸秘書官跑進來，以很沉痛的表情報告說：「總理，剛剛東京來電話說，吉田茂先生去世。東京時間上午十一時五十八分」。

我先生瞬間茫然自失，不知所措地說「還是未能趕上……」。只說出這一句話，聲淚俱下。

這一年，我先生之東南亞訪問分成兩次，第一次是緬甸、馬來西亞、新加坡、泰國和寮國。在此之前，我先生要訪問外國時，一定去看吉田先生，但這一次未能去就出發。

因為那時吉田先生的身體狀況已經相當不好，於是我先生去和主治醫師武見太郎先生（現任日本醫師會會長，非常親中華民國，跟馬先生很要好，其公子武見敬三　現任參議員—議者）商量，武見先生說：

「因為狀況非常不好，所以總理最好暫時不要訪問大磯。不過我想，您回國之前應該沒有問題」。於是我先生便依依不捨前往東南亞訪問。

我先生遂由馬尼拉電話東京，與川島正次郎自民黨副總裁等商量，指示辦理國葬事宜。隔日經由西貢，當天晚上回抵羽田機場，直往大磯。吉田先生遺體在二樓床上，照去世時狀態安置。

我先生拉開白布，用手摸摸著冷冰冰的恩師臉，咬著嘴唇，哭泣一陣子。

密葬那一天，我先生在東南亞旅行中，我還特地為恩師買了一支籐製拐杖回來準備送給他。棺材已經放進吉田先生生前最愛用的拐扙。我先生遂把那一支拐扙從棺材拿出來，並說：「這一支給我作紀念，我把我帶回來的這一支擺進去……」。這一支拐扙和其他吉田先生生前所送的東西，與照片一起擺在鎌倉長谷之別邸。

舅舅松岡洋右的一生

大約十五年前，我在明治座（戲院）看過新國劇「白鳥之死」。這個劇團以演出時代劇馳名，很難得這一次的演出有如巴蕾舞，而所謂白鳥是白面宰相近衛文麿公爵的意思。

島田正吾桑所演之近衛首相，像哈姆雷特般煩惱，努力於要避免日本對美開戰，但在其背後卻有一個壞蛋在其背後操控，最後令其走上強硬路線，這個壞外務大臣就是我舅舅松岡洋右（辰巳柳太郎桑演）。

這個舅舅在生前跟我父親一樣疼過我，因此看這齣戲使我很難過，一直流眼淚流個不停。

不過在外交史上的松岡洋右，在現代似乎大多被視為壞角色。一九一八事變時候之對中國的積極外交。一九三三年，作為國際聯盟之日本首席代表的退出聯盟演講。一九四〇年，以近衛內閣之外相簽訂日德意三國軍事同盟，隔年，訪問蘇聯簽訂日蘇中立條約，被認為使日本走上太平洋戰爭的負責人之一。

對於其在歷史上的評價，身為家庭主婦的我，完全沒有這樣的資格和條件。但洋右舅舅是在美國受過教育的人，所以我相信他是懂得美國的實力才對。

因為知道美國的實力，為對付美國，和保持平衡，他便拉攏德國和義大利，甚至背後的蘇聯。記得我舅舅也曾經告訴過我先生，外交，「力量的平衡」非常重要。

對於佐藤家三個兄弟的期待

就榮作、義兄佐藤市郎和岸信介而言，松岡是值得敬愛的舅舅。「松岡開始吹佐藤三個兄弟的牛時，生魚會爛掉」。這是朋友們對於松岡捧佐藤三兄弟的評語。是即松岡之「喇叭」、「大吹牛」是馳名的。

市郎（已故）為海軍中將，為非凡的天才，應考資格為二十歲以下的海軍兵學校（海軍軍官學校），他十六歲就考上。據稱從海軍兵學校以至海軍大學校，他始終都是第一名。英語、法語俱佳，也參加過國際會議，因此外交官的洋右也非常得意。

捧在商工省之岸信介的松岡說，「對別人要花兩個小時說明對方才能懂的事，對於信介二十分鐘就夠了」。

對於榮作松岡說：「不去鐵路局，如果當外交官，一定會有很大成就。因為他很有膽量」。榮作和我訂婚之後他更稱讚榮作。他說「我女婿（把我當作自己女兒）將來會做總理大臣」。把一個鐵路局官員，說他將來會做總理大臣，這個牛吹得夠大了。

我先生在首相時代，因風評欠佳，有一次說過這樣的笑話：「如果舅舅還在世，他一定會替我宣傳得很轟動，而且免費」。

舅舅大概很在乎人家說他「吹牛」和「多嘴」，因此曾經對我說：「寬子，真正的多嘴是說一些不可以說的重要事的人。平常多說話沒有什麼關係」。

使國民發狂的演說

洋右是我母親藤枝的親哥哥。出生於山口縣海邊一個漁村室積（現今為光市內），虛歲十三歲時為重建沒落之家去美國，洗碗端盤子打工，畢業於俄勒岡大學。所以他在日本的學歷只有小學。

一九〇二年回國，以第一名考取外交官考試，服務於上海、旅順、北京、彼得堡（現今之列寧格）、華盛頓等地。

由於他在美國長大，因此英語說的好。據稱他作夢說夢話也說英語。後來他以日本首席全權代表出席國際聯盟，宣布脫離聯盟之演說，沒有講稿說了一個小時，非常轟動。

舅舅從日內瓦回國時經由歐洲各國，到美國各地，然後回國。抵達橫濱港時，簡直是歡迎凱旋將軍的盛況。

自明治以來，在國際外交舞台上，對於先進國家幾乎沒有人能這樣發表演說，所以舅舅變成「國民英雄」這不是沒有道理的。

舅舅還沒有結婚時，偶然與醫師的我父親非常要好。洋右要我父親松介和他妹妹藤枝結婚，但松介三十五歲時因急性肺炎去世，留下三歲的我和不滿一歲的妹妹正子。

成為寡婦的母親才二十五歲。她和我們兩個姊妹回到山口縣田布施的佐藤家。佐藤家有被稱為「慈禧太后」的榮作母親「莫優」（松介姊姊），婆婆、小姑姑許多人住在一起，是大家族；所以年輕的母親非常辛苦。

洋右舅舅算是晚婚。因此在我們長大之前扮演我們父親的角色，非常疼愛我們。

我小孩時候，常被抓去作晚上喝威士忌之舅舅的伴，成為他「談話的對手」到晚上很晚。

舅舅天天晚上要喝一瓶奧巴威士忌。因此我小時候以為威士忌是每一次要喝一瓶的。

舅舅開始喝威士忌，便要發表長篇大論的演說，因此在他家的其他小孩自不在話下，連大人也都要找藉口跑到其他房間。只有傻瓜的我，坐在舅舅旁邊，聽他「演說」到最後。

舅舅的話不是少女會喜歡的故事；而是比手畫腳，論國家天下事的話，講過不停。幼小的我當然聽不懂，裝很認真在聽的我，在不知不覺之中開始打瞌睡，但舅舅還是會喋喋不休。我有時候無意中點點頭，問問奇奇怪怪的問題，他便會更起勁說話。

曾經為政友會之眾議員的舅舅，自以其為大眾政治家而非常得意。他特別喜歡和阿貓阿狗作朋友，不會去阿諛達官貴人。因此把小女兒的我也當作一個討論政治的對象。

他在「演說」的過程中，可能有時候覺得我很可憐，突然會把我抱在他膝蓋上並說：「妳是真可憐的孩子，舅舅將來會替妳找一個日本最好的女婿給妳，妳好乖好乖……」對我貼臉，他的鬍子很粗，令我覺得好痛好痛。

和吉田先生吵架

我和榮作的結婚，是洋右和榮作之母親莫優商量決定的。結婚之前，我被叫去洋右家這樣訓我說：「榮作桑是很聰明的人，妳的智慧比較不夠，所以絕對不可以有幫助丈夫的念頭。」

舅舅又說：「榮作不會有錢。需要錢的時候告訴舅舅」。的確，我們新婚當時他幫過我們許多忙。我先生在門司鐵路局工作時，舅舅是滿鐵的副總裁。

舅舅曾經來看過我們在大雜院的住處，只有兩個房間，實在太差，舅舅似乎嚇了一跳，並說：「嗯，這是你們的家……。但不會更壞。要忍耐和好好地幹」。舅舅回滿洲時，要由下關坐船到朝鮮，我常去送他，從門司乘聯絡船到對岸的下關。

那種時候，舅舅會仔細看著我說：「妳太瘦了，沒有錢喝牛奶，實在夠可憐。這不必告訴榮作，自己留著用」，一定會給我二、三十圓作零用錢。這是當時我先生之薪水的大約三分之一，算是「大錢」。

我流眼淚接受之後，一兩天不說，第三天便對我先生笑著說「舅舅給我錢」。我先生說「給我看看，看看就行」，過手之後，他把錢拿走，絕不還給我。

事後我問他把錢怎麼用？他說放在辦公室金庫，這樣才不會丟掉，很會說話。

對於金錢，舅舅說過這樣的教訓：「政治家需要錢。但絕對必須是乾淨的錢，要像小河川的流水一般順暢流著，滯留會汙染，是不行的。」

吉田前首相和松岡洋右，我舅舅大他兩歲，當然彼此有作為外交官的來往。但他們兩個人的性格和作風完全不同。比諸以明治維新之元勳的大久保利通次子牧野伸顯為岳父，名門出身，事事貴族氣氛的吉田先生，松岡是從少年時代就在美國西部長大，辛苦過過日子的普通人。

因此兩個人有時候會吵架。我舅舅收集許多古董，服務於北京大使館時代和滿鐵時代，買了不少中國的美術品。因常常自吹自擂這些古董，有一次被吉田先生諷刺說：「松岡君的東西，都是國寶級……」。舅舅可能也買過不三不四的東西，因喜歡大吹大擂，故吉田先生便給予挖苦。據稱不認輸的舅舅還嘴說：「你說什麼，你擁有的如果是國寶還好，不都是美女？」。因為舅舅平常人很開朗，行動舉措又海派，因此被一些人認為是好大喜功的人。

訪問蘇聯時在莫斯科車站，因和史大林依依不捨擁抱成為世界性新聞，他就是能夠自然這樣做的一個人（這應該與其長大的背景有關——譯者）。

不用麥克風能對群眾大聲演說，能令聽眾聽得珍珍有味極其雄辯。握手時會拍拍肩膀，甚至擁抱，初逢也會令人覺得他們是十年的老朋友，可以交談，開朗無比。

庭園弄個廁所模樣澡堂

位於千馱谷之外相私邸，原來是越前松平侯爵之公館舊址，為規模宏大的純洋式建築。其庭園一隅，我舅舅還特別弄了一個日式澡堂。

這可能是多年在外國生活鄉愁之顯現，外觀好像公園一隅之廁所。

下雨天，外務大臣閣下穿浴衣，打著雨傘在院子走去時表兄弟妹妹們都會叫：「你看，爸爸又要去公廁了」。

因為是辛苦過來的人，所以他不喜歡講究排場，對家族傭人都很體貼和關愛。

據說，對於家人都等他回來才睡覺的事，他曾對大家說：「你們為什麼不睡。我雖然是大臣，與你們一樣也是一個人。不必管我，趕快去睡」。

這在戰前的外務大臣家庭，是絕無僅有的事。就舅舅而言，這可能是他在美國長大的民主主義作風所使然。

他對於舅媽也非常體貼和愛護。據說他隻身赴任滿鐵的幾年，都把舅媽相片擺在口袋裡，以抗拒外界誘惑。他算是「英雄」，就明治時代的男人而言，他是沒有什麼豔聞的政治家。是清教徒。

我先生也說：「我很佩服舅舅之孝敬父母和對女性關係之純潔」。尤其舅舅之孝養母親是沒有話說的。

晚年很長時間，因為肺部不好，在御殿場別墅、伊豆，信州等地療養。

戰後第一年的秋天，在以A級戰犯被逮捕之前，我去看過舅舅時，他回憶自己的人生說：「男人在五十歲時對其地位和體力都有自信，那時如果太盡力工作，身體必將衰弱……」這一句話對於四十五歲左右的榮作似很有所感。

一九四六年五月六日，在A級戰犯市谷法庭，否認罪狀時候，舅舅的肺結核已經非常嚴重，喘著氣斷斷續續地用英語這樣回答說：「我主張我無罪」。

大約一個月以後，因病情惡化，舅舅被移送到東京大學醫院，我先生和我曾經去看過舅舅幾次。

有一天，極端衰弱的舅舅眼睛似乎一直在找我先生。我先生走近他並握他的手時，舅舅說：「不知道……日本會……怎麼樣……」。以下就不成話，三天後的六月二十七日，舅舅與世長辭。六十六歲。

我先生自己洗內衣褲

池田勇人前首相和我先生都是釀酒商的兒子。池田桑以豪喝酒馳名，我先生除應酬不得已時以外，平常是不喝酒的。

我先生父母好像也不喝酒，因此據稱對小孩說：「酒是要賣的，不是要自己喝的」。有一次我先生對池田桑這樣說，池田桑回答說：「什麼？自己家不能喝的酒不能賣。要自己喝了試試之後才能賣」。

池田桑和我先生是第五高（第五高等學校之簡稱，在九州熊本）的同屆同學進入政界以後是好朋友，同時也是好對手。兩個人都是同樣官員出身，大家都說他們兩個人，無論性格和行事作風，完全不同。連我也深感他們兩個人之差異。

隨便叫人家太太作事

池田桑大我先生兩歲。他們兩個人在名古屋考第五高等學校（今日之熊本大學）偶然住同一家旅館而認識。我先生於一九二一年畢業五高，據說池田桑因生病等原因，慢一年畢業。

戰後他們兩個人當選眾議員，同樣是一九四九年一月。日後兩個人互相競選自民黨總裁，我覺得是一種命運。

池田桑來我們家時，都會在門口大聲喊叫：「噢伊，先生在不在？」他的話非常有趣，會令大家歡欣。

我先生和池田桑雖然是老朋友，但往訪池田公館時還是客客氣氣地會說「對不起，夫人，久違久違……」。非常恭恭敬敬，毫無味道。

反此池田桑來我們家時，其舉措好像在他自己家的樣子。一喝酒，有如我先生一般，我給他魚糕，他便會喊叫：「噢伊，趕快把醬油拿來，沒有芥衰，沒有味素……」叫我拿這個取那個。他說「這裡服務不周到」，甚至於拍桌子叫「喂喂」，因此我還他嘴說「我也不是你太太」。池田桑回答說「我當然知道」，但還是不改變其態度和說法。

著實我從來沒有看過這樣的丈夫，滿枝夫人服侍之徹底，令人感佩。池田桑不大喜歡穿西裝，天氣再熱她都整整齊齊地穿著和服和襪子恭候先生回家。真不愧為賢慧夫人。

有一次，池田桑去美國時，我曾約其夫人一起去看過戲。在休息時間聊天時她問我說「今天晚上妳先生呢？」我說「他大概在家裡吃東西吧」。她嚇一大跳，她說「這怎麼行，要趕快回去……。現在因我先生在國外沒有關係，他在東京的時候，他隨時會回來，所以我一定要在家」。就她而言，先生在東京時，是不許外出的，更不能去玩和看戲。

反此，我先生最容易款待了。我不敢說我先生怎麼好，或怎麼樣「訓練」他，因榮作是十個兄弟姊妹當中的老七，從小，就有自己的事要自己作的習慣。

幫傭對我先生的失望

結婚之後，因我近視很深，所以給小孩洗澡事大部分由我先生來。因洗著亂動的小孩澡，我先生在溫水太久，頭暈眼眩過，我趕緊給他水喝。他雖然沒有洗過小孩尿布，但常常替小孩換尿布。他算是蠻精明能幹的。少年時候或鐵路局職員時代，他常去抓鰻魚來自己料理。我做魚料理是我先生教我的。

我先生是抓鰻魚的達人。由於在鐵路局服務，他擁有全線免費定期票，星期天便在每一車站下去看看小河流，尋找鰻魚最多的地方。

釣鰻魚當天，他會記得列車時間表，一個車站一個車站下去，黃昏回家，從宰、蒸、烤以至酌料，他一手包辦。

釣魚針，他用保線區的研磨機等來把它拉長，弄彎，作成各種各樣形狀，甚至不必用餌將在洞裡頭的鰻魚釣出來，真是達到達人的境地。

因此，在鐵路局工作時代的我先生，據稱這樣自吹自擂：「我最適合的行業可能是開鰻魚飯館」。

我先生不但能做料理，簡單的木工工作他也能作。關木板套窗，鋪和收棉被，他都幫忙。出任首相之後，還是自己洗手帕。他說「手乾淨很好」，而有時候把自己內衣內褲拿到澡堂去自己洗。

可是在首相時代，曾使幫傭對其非常失望。幫傭們大多以為首相的生活非常豪華，過著上流社會生活，從東北來的一個小姐也是……。

她失望的是，她以為首相公邸有料亭，有飯店般的廚子，但卻都沒有。有一個老太太在廚房走來走去，摸摸醬缸，仔細一看，竟是在週刊雜誌上看過的那個太太——我。

今天我先生難得要在家裡吃飯，我乃作平常作的菜。我先生喜歡吃的煮蘿蔔、豆腐與蔥的味噌湯、燙菠菜、鹹魚、沙丁魚乾、火蔥醬、火蔥醬菜以及飯後的五個橘子……。和鄉下的晚餐沒有什麼兩樣。我先生要去洗澡，穿著不像樣的浴衣，而且還帶著自己內衣內褲走進澡堂，在她眼中「天下的總理大臣怎麼這個樣子」，似大失所望。

十天之後，她求去。我問其理由，她說了上述這些話，並坦白表示：「這樣下去，我看不到高等生活，這對我沒有幫助……」。

我問她，妳想像的是怎樣的生活？她說：「身為總理大臣，我以為這一種人一天到晚吃的是鯛魚生魚片、鰻魚牛排等等。夫人帶許多指戒，化妝得漂漂亮亮，換著洋裝和服穿，到三越百貨公司，彈彈鋼琴，參加派對……，每日過著華麗無比的生活。可是這裡的生活和我們家的生活沒有什麼兩樣，我們家的電視比妳們的要大而且好」。

我遂給她的父母打了電話，對方說「請能用她」，但其本人稱「我的夢想已經幻滅」，沒有意願留下來。

不得已，我帶她到她所嚮往的「三越百貨公司」，請她吃法國式料理，把她送到上野車站。

撒嬌和挖苦

池田桑沒有喝酒時，對身邊的人非常體貼，照顧得沒有話說。他對婦女的和服，裝飾品等等非常熟悉。但喝了酒以後就變成兩回事了。其變化是頂有趣的。

我覺得池田桑作為一個男人和政治家是相當有魅力的。

記得是一九五七年，池田桑擔任第一次岸信介內閣的大藏大臣（財政部長）時候的事。他在我們的日式房間渴酒時，看到掛在上位之川合玉堂畫的柿子掛畫：「這太好了……，能不能給我？」他撒嬌般地說。我先生說「呀，好嗎，給你」。當場我把這掛畫圈起來給他帶回去。

據說過了隔天，看到這一張掛畫時池田桑說：「嗯，對佐藤很不好意思，喝醉了向他要這個，這一定很貴。我要還給佐藤……」。後來池田桑說「要還給你」；我先生說「已經送給你了，不必還」。結果據說池田桑要回贈與其大致價值相同的東西告一個段落。

在這之前還有一個故事。池田桑到我們家時說：「我做過幾次大藏大臣，致使有看到東西就會判斷其價錢的習慣。看了你們的家，沒有一件有價值的東西。院子看起來還算不錯，但卻沒有一棵值錢的樹」。所以談到掛畫時我先生笑著說：

「你說我們家沒有一件有價值的東西，這掛畫受到你欣賞，我覺得很光榮。所以就送給你，不必還」。

總而言之，看到喜歡的絕對想要，醒過來之後說「這樣不行」，我覺得這說明了池田桑這個人的純真和坦誠。

連「消息靈通」的他都不知道池田桑病名

在池田桑繼承岸內閣之一九六〇年七月十四日的自民黨總裁選舉，我先生全力支持池田桑。因為出現了池田桑的強有力對手，我先生便不遺餘力地挺他。

及至一九七二年池田桑欲連任時，以佐藤派為首的批判池田勢力在黨內崛起，一時我先生也想參選。因吉田先生也支持池田桑，結果池田桑獲得壓倒性勝利連選連任。

一九七四年，池田桑準備競選第三任時，我先生公開表明要參加選舉，好朋友要爭個長短。結果池田桑得二百四十二票，佐藤一百六十票，藤山愛一郎桑七十二票。我先生落敗了。

當時池田桑已經患喉頭癌，有人說他身邊的人都知道，也有人說完全沒有人知道。

我先生被人家說成「消息靈通」的人，但當時他也不知道池田桑患這樣的病。如果知道，重感情的我先生應該不會出來跟他競選，因為他們是高校時代的老朋友。

競爭中的友誼

最後池田桑因病要辭去首相時，據稱在病床上說「我的繼任者還是佐藤」。在我先生出任首相以前，在政界曾經有過各種動靜，我非常清楚川島正次郎副總裁（已故）和三木武夫幹事長（當時）曾經盡過大力。當然黨內同志之大力支持固然重要，但池田桑的最後一句話：友誼具有千鈞之力量。

這時我先生戒了煙。其根本動機是池田桑的病。其理由是：「對國民負有重大責任的人，不能為自己嗜好搞壞自己身體」。「煙蛇」的我先生，戒掉半個世紀以上的煙癮。

池田桑辭去首相九個月多以後的一九六五年八月十三日，去世於東京大學醫院。這是我先生作為日本第一個首相前往琉球的一個星期之前。

據稱，得悉多年來的朋友，又是好對手的池田桑去世時，在官邸的我先生只說了一句話「是嗎」，流下眼淚。當天遂去在信濃町的池田公館弔唁，和納棺前之池田桑作最後之會面，回來之後對兒子們說「他身體變得很小……」。

他們兩個人都是吉田學校的得意門生，池田桑算是天衣無縫之天才；我先生是摸石頭過橋，小心翼翼的人。

「三角福中」的真面目

角福戰爭始於洛杉磯

一九七二年一月左右，在洛杉磯日本料理店「帝國庭園」房間。爭論多時的美日纖維之政府間協定終於簽訂，在杉克烈緬特，和尼克森總統談妥歸還琉球的該年五月十五日，日本政府首腦，以輕鬆表情，品嚐著日本料理。

在聊天中，提到當時傳聞於全日本的一連串殺人事件……。

田中（角榮）通產大臣（新潟三區選出）：「大久保清這個人好壞。群馬縣真是有壞人」。

福田（赳夫）外務大臣（群馬三區選出）：「通產大臣，恐怕有誤解吧。據說，三代前大久保一家是住在新潟縣。到底那一方培養了壞人，只有天曉得」。

佐藤首相：「福田君說三代前，這太客氣了」。

（大家苦笑）。

這是我聽在場之我先生的河村昭秘書說的。現在回想起來，所謂「角福戰爭」可以說開始於此時。表明上很溫和，田中、福田的交談雖然是在開玩笑；但話中有刺，令人感覺絕非尋常。

我先生最後所說一句話，他認為在眼前已經開始較勁了，還說「三代前」，實在太客氣了。

現在，我想來介紹目前在自民黨內的所謂「實力者」，領導人的種種秘辛供各位讀書參考。當然這是我所知道的一小部分的事；其本尊可能不一定同意，這一點請能包容。

田中首相的姐姐太太論

田中角榮現任首相有許許多多逸聞。但我和田中桑多談話只有一次。記得是一九五七年夏天，在輕井澤駕車郊遊的時候。三十九歲時就出任岸內閣之郵政大臣的他，來訪在輕井澤靜養中的我先生。因說「輕井澤每一次都是經過，第一次停下來」，與我先生談完事之後，一起開車出去兜遊。起初在車內田中大臣有一點不大自在的樣子，一直在看外邊。當車子經過白樺樹林和落葉樹林中時，大概興趣來了，他突然唱起浪花節「時為元祿十四年……」，「地方是遠州濱松……」我不記得歌詞了，竟唱起他拿手的浪花節，令我嚇一大跳。

富士山有很適合月見草的作家。輕井澤的落葉松樹林是不是適合浪花節暫且不談，大概覺得很爽快，田中桑自然唱起浪花節的吧。

田中桑繼而開始大談特談。他說「我十九歲就結婚。（他提到我先生大我六歲結婚）如果要這結婚，應該選擇小十二、三歲的少女。我就討了比我年紀大的太太」。因我聽不懂這個道理便問他說「哈……？」他回答說「我不管什麼事都比別人早十年。所以我十九歲時交往的對象都是二十九歲或將近三十歲的人。我三十多歲時候就和四十多歲者交往。哈哈哈……」。於是我開玩笑地問他說「什麼都比別人早十年，是不是要比別人早十年走？」他好像不知所措的樣子回答說「嗯，應該是這樣」。此時他沒有什麼特別表情。

田中桑這個人具有非凡的決斷力，腦筋轉得很快，很有男人氣概。但我覺得他對女性是不是有一點害羞的傾向。

他是不是有「七年，不同席」之「純日本式」的心情在作祟？在輕井澤之郊遊時，我和田中桑聊天許多，但都絕少碰過視線，他好像很害羞地唱著浪花節。

總之，社會上似有許多人認為田中桑是一個膽子很大的人，但其實他是內心充滿感性，比一般人更是多愁善感的人。

一九七二年七月，出任首相以後不久，他來我們在世田谷的家，我對他說「恭喜」，他好像馬上要逃跑的樣子說「啊，啊……，麻、麻……」，好像很不好意思的模樣。

中曾根、珠利的答非所問

在輕井澤的回憶中，有中曾根通產大臣的搖滾舞。

每年八月，渡邊製片公司主辦的高爾夫球賽會舉行兩天。我先生擔任首相時，打高爾夫球之後，渡邊晉、美佐伉儷及其員工前來我們的別墅，在這裡吃喝玩樂成為一種慣例。

大體上由「狂貓」的哈那肇桑擔任司儀。黃昏，渡邊製片公司的人員，便湧湧前來位於三笠的我們別墅。此時哈那桑一定要在門口大聲疾呼喊叫

「奧多桑，奧加桑」，派對由之開始。

記得是一九六七年夏天，「老虎」最受歡迎的時候，宴會正熱鬧時，中曾根桑也參加打高爾夫，因別墅是只隔一個小河的鄰居，可能聽到大家的歌聲，他來了。

那時「老虎」極受歡迎。從就任首相到最後，都未曾受過歡迎的我先生，那一天晚上抓住珠利也就是澤田研二桑說「讓我占占你的人緣」。我先生這樣說不是客套話。

中曾根桑當時是藝術議員聯盟之會長，高興時會以外國話唱「枯葉」。所以他對「老虎」也很有興趣。

像女孩子留著長頭髮，穿紅色上衣的珠利君。那時候這種風采不像現今那麼流行。中曾根桑西裝畢挺，帶著領帶。他們兩個人的交談非常好玩。

「你叫什麼名字？」

「我叫珠利」。

「你應該有原名。父母給你取的名字」。

珠利君有沒有回回原名（澤田研二）我忘了；中曾根桑繼而對他這樣「忠告」說：「你既然是一個男人，像『無法松之一生』（東寶電影）的三船敏郎打打鼓如何？」

這不愧為後來之防衛廳長官的對人打氣的話，但被這樣說的珠利一定很困惑。

爾後，中曾根桑似和中尾密也（密也是片假名日音譯）桑很投緣的樣子，和她高高興興跳搖滾舞之後回去了。

我和大平正芳大藏大臣幾乎沒有談過什麼話，但和喜格子夫人（喜格是平假名日語音譯）卻是好朋友，她是一位純真而心地非常好的女性。

有一次，大平夫人這樣說過：「夫人，我先生雖然沒有像妳先生被人家說過美男子，但我覺得我先生的小小眼睛可愛的實在沒有話說，妳覺得呢？」雖然這也是一種情愛的表達，因其夫人的說法非常坦率，故我回答說「妳這樣一說，我覺得的確如此」。

大平桑和宮澤喜一前經濟企劃廳長官（後來曾出任首相……譯者）等，都是池田勇人前首相的大將。我先生常羨慕說：「池田是很幸福的人。他身邊有大平、宮澤這樣優秀的智囊」。

我們跟三木武夫前副首相有很長時間的交往。一九四七年成立片山哲內閣時，三木桑出任遞信大臣，運輸次官的我先生，曾經應邀去過三木大臣公館。

當時我先生是一個官吏，雖然不是直屬長官，因應邀去大臣官邸，故必恭必敬。當天晚上之夫人的周到款待，令人感動不已。

當時是戰後不久，物資很少的時代，據說請了牛素燒。三木夫人從頭到尾照料一切。

我先生說：「沒有想到其夫人會來張羅一切。到中途我還不知道其為夫人，告辭時匆匆忙忙沒有好好謝謝她。黨人政治家家庭還是不一樣」。

後來，我們和三木桑成為親戚關係。因為次子信二的太太是三木夫人的內姪。所以在親族的聚會見面聊天。雖然有親戚關係，因不同派閥，有時候會對立，政治家實在很麻煩。

愛唱草津節的福田桑

福田赳夫前大藏大臣常被說成「佐藤的繼承者」或「王冠王子」。但什麼時候開始被這樣稱呼，我並不清楚。

年輕時候，他是大藏省駐倫敦大使館財務官附書記，隻身赴任當時的故事，相當著名。

財務官是津島壽一桑（已故，曾任大藏大臣），福田桑到津島邸去報告其到任，因有客人，等了很久津島桑沒有出現，福田桑遂在津島邸洗澡，因非常爽快，竟大聲唱起草津節（歌）來。

津島桑驚訝說「這是誰？怎麼這樣放恣！」津島桑被膽子大的福田書記生嚇一大跳。現今福田桑領導自民黨內最大派閥，真是偉人自幼就很不平凡……。

他膽子雖小，卻不拘小節，肚量大。有一次他開這樣的玩笑說：「有人說上州（群馬縣）是老婆的天下，我的體重就比太太差，高爾夫也是太太打得比我好……」。事實上三枝夫人在好多地方比賽多次得到冠軍，一九七三年七月，在大利根球場的第十二個洞，她還一桿進洞呢！

不過談到「老婆天下」，我先生常說「我是一個養子，隨時有被趕出去的可能，所以每天提心吊膽過日子」。福田桑和我先生表面上是「同病相憐」，但在實際上在家裡的福田桑還是「丈夫跋扈」。

川端先生之熱情

鎌倉之春天「千羽鶴」詩情

「這個邀請非常唐突，但沒有什麼特別用意。……只是擬請參觀浦上玉堂之凍雲篩雪，……請各位清談而已。

這不是什麼茶會。請以輕鬆愉快心情勞駕。天氣寒冷，料以雪白季節為佳」。

川端康成先生於一九五七年二月下旬，用折疊的日本紙並書以漂亮文字邀請參加茶會的書信來了。

在東京麴町二番地表千家之不審庵舉行的茶會，邀請了川端康成先生及與其有親密交情的各界名士及夫人、千金等等，充滿了小說《千羽鶴》之氣氛。

出現川端先生所珍惜，有「宗及井戶」之銘的志野茶碗，大家在大大感嘆中用了茶。在這過程中，川端先生若無其事地對我說「妳可以擦擦口紅」，這一句話給我極深印象。他那細細的聲音，令人感覺豔麗的風情，客人自然而然地被帶進「千羽鶴」的世界。

在「千羽鶴」的世界，有太田夫人的女兒文子，知道主人公之三谷菊治與其母親的關係，欲將有母親口紅痕跡的志野茶碗讓給菊治的場面。

文子說，「母親去世之後，我一看到茶碗之口，會覺得朦朦朧朧」；菊治看著這個茶碗「伸不出手」。文章這樣繼續下去：「好像口紅褪了色的顏色，有如紅薔薇枯去的顏色……，宛如沾上血好久以後的顏色，菊治的心情便開始動搖。他感覺會令人嘔吐的骯髒，同時又會覺得受不了的誘惑……」。

最後，文子向洗手盆摔破了這個茶碗，在茶會上之川端先生的話，乾脆磊落，充滿幽默，茶會極為圓滿落幕。

川端先生跟我們家的交往，因在鎌倉市長谷之川端邸與佐藤家之別邸是鄰居，透過新年之互訪等等，一直繼續到現在。

我先生不僅過年，在鎌倉時候也很喜歡和川端先生見面。不過也不是那麼容易。首相一家的過年，特別是元旦，忙極了。元旦那一天，早晨六時起床，穿好衣服拜神拜佛。然後與家人和秘書開始作新年酒菜和年糕等等。隨即準備到皇宮。

我先生要穿燕尾服，結白領帶，佩戴勳章；我要穿白領有顏色的家紋第一等禮服，上午八點半左右從首相官邸出發，前往皇宮。然後要拜訪各宮家賀年。

結束這些公事之後，我要趕回公邸。我先生要去自民黨總部，中午左右才會回來公邸，繼而陸續接待來賀年的客人。

來賀年的客人，大約有四、五百人。給客人吃的年菜年糕和點心，都是我先生喜歡吃的，從材料之選購，到作成料理，一切由我親自指揮。因此除夕要忙到凌晨一兩點鐘。幾乎沒有睡覺。

忙得連坐一下子的時間都沒有，會感覺身心非常疲倦。迨至下午四時左右，以有如要逃跑的心情，和我先生上車離開公邸，回到鎌倉別邸。此時才有過年的感覺。

大致上，元月二日，我先生和小孩、秘書一起去茅崎高爾夫球場打球。我便到川端邸等鄰居去拜年。三日，我會和我先生去參拜鶴岡八幡宮，這可以說是我們過年的固定行動。

「是否可以寫一些給男人看的小說？」

鎌倉長谷的別邸是，舊加賀藩主前田家的別墅，現今之家長前田利建氏，將一半租給我們。

因我先生出任首相時，希望一個星期能夠好好休息一次的地方，到處尋找結果，經加瀨俊一前聯合國首席代表之介紹，租到這個地方。

三島由紀夫桑曾經仔細採訪過這一座房子，在其作品《豐饒之海》第一卷《春雪》之舞台的一部分就是這個地方。所以我們與三島桑也有這種緣分。

這個別邸，沒有邀請政界、財界人來過。也沒有同意媒體來採訪過。唯一的例外是以鄰居的川端康成先生為首住在鎌倉的作家們：小林秀雄、今日出海、永井龍男桑等人，跟他們一起用晚餐聊聊天。

由於是文學家的聚會，完全不談「政治」，所以非常輕鬆而愉快。小林先生等人，喝酒，稍醉，其談話便會愈來愈精采。在這過程中，川端先生完全不說話，專門做「聽長」。及至晚上十時許，他會說：「時間不早了，回去罷」這樣一句話。有一次我先生對大家說了這樣開玩笑的話：「川端先生有時候寫寫給男人看的小說如何？」川端先生瞬間呆然若失，顯現極難形容的笑臉，還是沒有說話。他是不是覺得問得很奇怪，或者我先生是另外世界的一個人。

我第一次見到川端先生是一九五五年的晚秋。這是癌研究所附屬醫院院長已故田崎勇三博士的介紹，在東京的料亭川端伉儷、田崎伉儷和我們夫妻一起輕鬆用餐是我們交往的開端。當時我如少女般，非常興奮和緊張，請教了許多有關川端先生的作品。

川端先生的作品，我幾乎全部看過，我年輕時候就很喜歡和尊敬這一位作家。

與川端先生的秀子夫人，從此以後也非常親密交往。在見面之前，從川端先生之流麗漂亮文章想像，其夫人的身材一定是非常苗條，但在實際上是豐滿圓圓的感覺，好像能把先生包裝起來。

交往愈久之後，我得知其夫人和先生一樣，神經細膩，非常溫馨，心地善良的一個人。於是我自已隨意下了這樣的結論：「有這樣的先生才有這樣的夫人，先生之心眼，敏銳的感受性，正因為有這樣的夫人。先生才能夠成為那麼偉大的作家」。

極為愉快的輕井澤汽車兜風

川端先生在「朝日新聞」連載〈身為一個女人〉的一九五六年夏天，我曾邀請川端先生開車兜風輕井澤。

有一天，往訪川端先生別墅時，先生在地下室的日式房間，坐著很漂亮的棉布墊子在寫作。於是我很不禮貌地隨便問他：「這裡是產生名作的地方嗎？」並說「先生，明天一起去兜風如何？這對散散心有幫助……」。他說「好呀」，滿口答應。

與夫人我們三個人，轉了六里濱、鬼押出、千瀑布，途中，我們去我先生正在打球的輕井澤高爾夫球場。此時我先生對他開玩笑說：「先生不喜歡我們這一種行業的人吧」，但他照樣沒有說話，只是笑笑而已。

總之，這一次兜風，川端先生好像很滿意的樣子。日後其夫人說「這似幫我先生換了空氣，他由之更是健康」。據稱，川端先生就我們夫妻說「他們是很老實的人」。這可能是因為我先生給他說很奇怪的玩笑，我隨便邀他們開車兜風的緣故。

爾後，我先生出任大藏大臣的一九五八年秋天，川端先生為國際筆會的預算等事，希望政府給予協助，曾來過我們在世田谷的家。

我先生有一次，說過「川端先生是一位很有趣的人」這樣感想。川端先生非常沈默寡言。不會令人歡欣鼓舞，很熟悉川端先生的人，或許不會贊成我先生的看法，但這是我先生獨特的說法。

我先生對於一個人，絕不會說喜歡或討厭，所以說「很有趣的人」應該是「喜歡的人」的意思吧。

一九六八年，川端先生榮獲諾貝爾文學獎，因為是鄰居又認識，故我高興和興奮得睡不著。為表示心意，我送了淡紫色之千羽鶴模樣和服給夫人。後來有人告訴我在斯德哥爾摩受獎時，夫人穿著我送她的那一套和服陪同先生受獎，不過在和服加上家紋就是了。我非常感激其夫人之用心，雖然那一套和服並不是那麼高級。

曾請他為東京都知事選舉助選

對於川端先生的回憶，令我最記憶猶新的是，一九七一年四月，東京都知事選舉前後的事。又和先生交談有關中國問題時，也令我很是感動。東京都知事選舉的時候，我所知道想請川端先生助選經緯如下……。

那一年三月的某一個星期六，當時的保利茂官房長官前來首相公邸和我先生談論事情。旋即我先生把我喊去客廳，保利長官對我說「夫人，有人稱川端先生願意出面助選東京都知事選舉，但不是很確實。夫人和川端先生似乎很熟，方便不方便試探看看？」在旁邊的我先生便說「妳立即到鎌倉如何？」我不相信川端先生會……，頓時不知所措。

但還是立刻乘車趕往鎌倉。因我不好意思直接問川端先生，故準備透過夫人探詢其先生心中。

可是不巧其夫人感冒在休息，川端先生親自出來接待，這使我非常驚訝，他替我泡茶並問我說：「專程從東京來，有何貴幹？」我直接了當問他說：「先生，我先生要我來看您，據說對於（東京）都知事選舉，先生願意替秦野桑站台，這是真的嗎？」

川端先生很意外地回答說「是的，我願意」。然後就談天氣等等。

諾貝爾文學獎作家之執拗

川端先生與秦野桑的交情如何我完全不清楚，但我記得川端先生說過

「秦野桑的毛筆字寫得太好了」。

川端先生在一篇題名「書」（毛筆字）的文章中說：「關於替秦野桑站台一事，從秋天到春天，半年來，我一直不知如何是好，躊躇，婉拒下來。但大約五天前自己說服了自己，決心來效勞……」。我去拜訪川端公館，或許是川端先生「說服了自己」之後的事（譯者相信這是由於佐藤夫人跟他談的結果，佐藤夫人說，「這或許是川端先生說服了自己以後」，實際太客氣了）。

因我得到川端先生「肯定的回答」，非常高興得說「選舉期間在東京就請住大倉飯店住好了」。我立刻告辭川端邸，回到在其隔壁的別邸。因為是週末，我先生比我早一步回到鎌倉別邸，因此遂告訴我先生有關川端先生站台事，我先生馬上打電話告知官房長官這一件事。

自民黨本身，記得當天晚上田中角榮幹事長去拜訪川端先生，正式拜託他站台。

在大倉飯店，自民黨替川端先生訂了最高級的雙人房，但與北條誠先生一道來的川端先生卻說「我不喜歡這個房間」。他同時自己去選一個小房間並說「我住這裡就好」。他不喜歡豪華的大房間。

川端先生從三月二十三日左右起，每天上街頭。我和北條誠先生皆擔心川端先生感冒，曾請東大醫師給川端先作健康檢查。我們還請醫師不要對川端先生說得太樂觀。

醫師說他「身體很好」，而川端先生自已也說「因為這樣運動，體重反而增加了兩公斤」，很是打拼。

住在大倉飯店時，我曾陪他去買東西兩三次。他非常喜歡買東西，在櫥窗前面蹲下來看的全是女性用品。我替我先生選領帶時，他連看都不看。他有興趣的是十五、六歲少女可能喜歡的東西，對這好像特別有興趣的樣子。手鐲、墜飾、圍巾……，一切的一切，都是為孩子氣少女著想；仔細拿起來思量品味看看。

一九七一年東京都知事選舉之後，六月簽訂歸還琉球協定，參議院議員選舉，夏天之尼克森衝擊（發表將於隔年二月二十一日往訪中國大陸），美元貶值，十月之琉球國會，匆匆過去。

三度說服中國問題

十一月的某一天。在東京的大飯店的川端先生，突然給我打電話說「有很重要的事，想和妳見見面」。我遂立刻前往飯店去看他並問「什麼事？」他說的是非常意外的話。他說：

「我明年要去參加在大陸舉辦的世界文學家大會。所以我要請問夫人，佐藤桑對於與中國恢復邦交是怎麼想法？」

我對於川端先生之非常認真的表情很驚訝。我回答說「這個嘛，我不清楚……，我先生沒有對我談過外交問題……」。川端先生沉默一陣子以後說「周恩來是一個很厲害的人。要與其面對，必須是一個很有智慧的人……」。

要之，他可能欲透過我「打聽打聽」佐藤到底有沒有恢復中日邦交的意思，雖然很困難，希望能積極好自為之……」。

不過最後川端先生有一點不好意思地說：「今天我們談的事，請不要告訴佐藤桑」。我很驚訝川端先生這麼關心中國問題。社會上似多以其毫不關心政治，為「政治文盲」。他為東京知事選舉站台時，好多人批評說「硬請出這樣的人……」。

但我和川端先生交往之中，發現他絕非「政治文盲」。

「佐藤桑不想搞恢復中日邦交」

大約經過一個月以後，川端先生又來電話，我去看他，他表示「這務必請轉告佐藤桑」，同樣又問起中國問題。曰：「佐藤桑不搞這個問題嗎？」我記得他是這樣說的。我轉告我先生：「川端先生這樣說……」。我先生回答說：

「下一次如果再見到川端先生，這樣告訴他。……尊意我非常感激，我自已也很想搞恢復中日邦交，但遺憾的是，一九七二年五月十五日，琉球歸還日本時我準備辭去首相」。不久我又見到川端先生，他第三次問起中國問題，我明白告訴他：「川端先生，我先生說，琉球歸還日本之後他將掛冠而去」。於是川端先生說：「原來如此……」。他很失望的模樣。

川端先生公館，一到季節，院子之欵冬將極其茂盛。有一次我對川端先生說「我先生非常喜歡欵冬」。川端先生遂去拿剪刀，加上其夫人及千金總動員剪了許多欵冬給我們。我將川端邸命名為「欵冬公館」，非常想念它，川端先生去世之後，其夫人仍然會送溫馨的欵冬給我們。

來自已故西條八十先生之「情書」

我在十七、八歲的少女時代，住在池袋當醫師的叔叔池上作三家，就讀於青山女學院（女子學院）英文專攻科。

有一天，在回家途中的電車上，偶然碰到當時為文學少女之偶像的年輕詩人西條八十先生。他說：

「妳是住在池上君家的千金」，他從人群中設法走到我身邊，給我說了好多話，但我茫茫然，似在夢中……，完全不記得他說了什麼。

回家以後，喘著氣給叔叔說「剛才在電車上碰到西條八十先生」。叔叔扳著臉問：「寬子，他有沒有拉妳的手！」叔叔的責問極其嚴厲，令我很是驚訝。「他說了什麼？」我說「忘記了。……記得是天氣之類的話」。

「那沒關係」叔叔說。

這是一九二一年左右的事情，以後和西條先生的來往達半個世紀。在電車上碰到敬仰的時髦青年詩人，被叔叔責問……，或許可以說是一種奇妙的因緣的開端。

西條先生於一九七〇年夏天去世，去世一個月之前，他曾給我寫了幾封非常真誠而溫馨的信。現在來介紹其中之一部分，以紀念西條先生。

讓我們歡樂地交往到死

我非常喜歡妳的人品，我猜想或許妳少女時代也喜歡過我（也許這是我的自我膨脹，自我吹噓），我希望我們能夠歡樂地交往到死……。妳近況如何？剛剛中央（中央公論月刊）來催討〈女妖記〉文稿。下一次我準備寫妳給我啟示之在柏林遇到法國小姐的事……。

（一九五九年八月二十一日）

西條先生和池上叔叔是早稻田中學的同班同學。我叔叔畢業東京大學醫學院之後，與自由人、文人的西條先生非常要好。我寄居叔叔家時，叔叔將一個屋子租給西條先生，他們也算是房東和租房人的關係。不過叔叔以其為「貧窮詩人」，據稱沒有收他的房租。

西條先生早於一九一九年，出版過其處女詩集《砂金》，以象徵詩人風行，當時他才三十歲左右。著名的童謠〈金絲雀〉是成田為三的作曲，風靡全國，與此同時，他以研究法國蘭波、馬拉美近代詩人馳名於世。

每次這一位帥哥青年詩人來訪叔叔家時，我和倭文子（池上姪女）都驚心動魄地想多聽他幾句話。

但叔叔卻說「因西條君有使年輕姑娘頭暈目眩的魔力，故妳們絕對不可以到他身邊」。不許我們接近他。因此我們只有遠遠地看著他。

西條先生來時，時或叔叔會說「妳們可以在隔壁房間」，因此我們便在隔扇那邊靜聽叔叔和西條先生的談話。

現在回想起來，他們兩個人可能是，能夠談真心話的「壞朋友」，甚至於在女性關係上互相幫助（？）的好朋友。

可能因為這種原因，叔叔才那麼嚴格禁止我們接近他。

一起去滑雪

昨天，我帶下女散步伊勢丹（百貨公司），看到很像妳的一位女性。我曾嚇一跳。她比妳年紀大，比妳瘦，但漂亮而優雅，我看她坐自動電梯上去。我思慕而目送她。

我問吉田司機，在這個成城（地名）也有與妳很像的女性。

（一九六七年三月十一日）

這好像是戀愛小說的一段，其實並沒有這樣的情感，這是由於西條先生經常把女性當作夢幻中的一朵花所致。同時他也具有母性愛導向的一面。他似乎比賢慧女性更喜歡開朗而非完美的女性。

總之，我於一九二六年和榮作結婚之同時在遠離東京的九州生活，因此有一陣子沒有和西條先生見面的機會。拜讀他的作品，或在雜誌上看到相片等，得知在池袋見過的這位青年詩人，變成不得了的權威。

與西條先生之重逢，是很久以後的事，即戰後的一九四八年夏天。在輕井澤打高爾夫球回家途中，偶然看到掛著「西條」門牌的別墅是其開端。

兩三天以後，我和我先生一起去訪問他，談了許多往事。比諸其夫人，他幾乎沒有什麼變化。

這是晴子夫人去世前一年之一九六〇年夏天的事。西條伉儷和我們夫妻在輕井澤料亭「遊扶基利」（扶基兩個字是平假名日音譯……譯者），邊吃肉時，西條夫人首次就其先生抱怨說：「我先生的女性關係使我哭不完……」。對此西條先生表示：「真是，我在太太面前實在抬不起頭來」。

從此以後，每年夏天在輕井澤的交往又重新開始，在一九五五年二月的眾議院選舉，西條先生曾來山口縣替我先生助選。西條先生前來助選一個星期，這是最早的一次，也是最後的一次。

令我驚訝的是，西條先生之演講的本事。在學生眾多的山口市，他便引用學生可能喜歡的熱情詩人拜倫的詩，獲得在場聽眾之喝采，鼓掌不停。另一方面在德山、防府等小市民之太太多的地方，他便談談女性喜歡的卡爾·布雪。「世上有山那邊高空，人們說住著幸福的人……這一首詩，因佐藤桑為鐵路局出身，不會出軌，勇往邁進，將從山那邊遠遠為故鄉的各位，為著日本這個國家，帶來幸福……」。

西條先生自與我們重逢以後，終生，在心情上一直是我先生的熱心支持者。每一次選舉之連選連任，我先生出任各種各樣大臣，他都當天晚上，給我們家或池上叔叔處打來祝賀電話。

昨天，曾有「家之光」的新屋落成慶祝會，在那裡見到加藤正男君（正男是平假名日音譯……譯者）。……他……說妳少女時代非常純潔，冷冰冰地，好像一個尼姑。但現在的妳「為什麼顯得那麼年輕嬌嫩，遠比從前性感」。我現在把他所說的話轉告妳。

昨天，我才令高島屋（百貨公司）寄圍巾給祇王寺的智照尼（姑）。我正在想像郵差送它去所要走的嵯峨裡頭落葉的小徑……。

（一九五九年十二月六日）

我和西條很快樂地旅行過兩次

在南國（其實是西日本，靠近九州的山口縣）出生的我們，非常嚮往川端康成先生所著作的《雪國》。很想去看看冰天雪地的時候，長岡市的大野市郎眾議員邀請我們去著名的十日町「雪祭」。

本來是我和中込早苗桑（我的朋友）、大津秘書三個人要去的，西條先生也說要去，變成四個人。西条先生的旅行，如果沒有年輕而漂亮的女孩，他是會很掃興的。幸好有很漂亮的早苗桑，真是非常幸運。

住在長岡，大家換上長筒鞋子，參觀了十日町的雪祭。西條先生好像小孩子，興高采烈，拍攝特別紀念照片，在雪中逛來逛去。

又一九五九年秋天，我們去了京都。我和大津秘書去山口縣回途，在大阪機場偶然碰到西條先生，因而一道去了京都。

欣賞紅葉，去了嵯峨祇王寺的尼姑寺。這裡有一位智慧尼姑，西条先生對她一見鍾情。

這位尼姑曾經在新橋，以「照葉」而極為馳名的藝妓。看起來她的年紀相當大，但西條先生卻就她說：「妳看，她多麼健康，老水老水（漂亮）。告別說再見時之眼睛的妖嬌，妳看多好」。

西條先生之得意，歡欣，滿足，回到鴨川河邊旅館時還對我說「夫人，我想送白圍巾給她……，一定」。

著實，智慧尼姑桑帶的圍巾是有一點舊了。西條先生眼睛真靈光，馬上看出來。

從去年六月九日以來，將近一年，我過著有如啞巴的生活不和人家見面，不訪問別人，也不參加公開聚會。專心看書。因為已經作了許多自己喜歡的事，所以沒有什麼不滿。起碼遠比瞎子好。

……亡妻之忌辰是六月一日，十年前之此時的我可能在痛苦。一切的一切都變成好久的夢……。

我能回憶的人，大多已經不在人間……這是老人的嚴峻心境。不過雙葉子（雙葉兩個字是片假名日音譯……譯者；西條氏長女，三井嫩子桑）好可憐，希望她能多活幾年。

（一九七〇年五月十二日）

一九七〇年六月一日，晴子夫人因腦軟化症去世。一九一五年秋天，因驟雨的機緣看中十八歲的晴子桑，隔天向其求婚，八個月之後獲得其同意，一九一六年六月一日結婚。去世也是六月一日。奇怪的是，其夫人去世那一天，竟是他們第四十四次的結婚紀念日。

他們兩個人都是東京人，尤其是出生於商工業者居民之間的晴子桑，為人大方而慷慨，是一個「女英雄」。雖然她因其丈夫愛染「雜草、偷吃」而哭泣個不停，但她還是像在照顧放蕩兒子一般，照顧其丈夫，掌管家政的一切。

晴子夫人去世之後，其千金詩人嫩子桑，非常照顧其父親，雖然她自已也有家庭。在這一點，西条先生算是很幸運的人。

最後的一封信「啊呀，很想再見面……」

昨天到日本橋三越（百貨公司）去散步，很想送香水或化妝水給妳，因不知道妳喜歡什麼品牌而作罷。方便時請告訴我。我實在不死心。我已經不可能活得太久了，很想送妳什麼……。

明天是淺草酸漿市（市場）。這令我想起從前陪妳去羽子板市（市場）的往事。實在令我非常想念……。

我已經七十八歲了。兄弟妹妹都已經不在人間，剩下我一個人。而且覺得寫詩歌也麻煩，因此每天無所事事。在某種意義上現在的我最幸福也說不定。啊呀我非常想和妳見面聊聊天。

因不知道應該寄到哪裡，乃寄去妳在代澤的家。因為我常常走那附近想念著妳。

請保重……。

（一九七〇年七月七日）

這是他去世前一個月寫給我的最後一封信，就我而言，這是八十先生的「絕筆」。

預感自己之死的詩人的寂寞，令我實在不忍心看完這一封信。西条先生於一九七〇年八月十二日凌晨，因急性心不全在自己家與世長辭。據稱，前一天晚上，他身邊的家人都完全沒有料到他會走得那麼快。好像沒有什麼痛苦，走得很安詳。

十七日，我們夫妻參加了其在青山殯儀館舉行的葬禮，在從殯儀館到首相官邸的路上，我先生在車上這樣說：

「再過兩年，他將是名符其實地八十，真希望是如此」。

在成城之西条先生的家，有著名的五葉松，非常引人注目。是一棵好像逸品的盆栽松長大起來的美麗樹容。

生前，他說很想把這棵松樹送給「佐藤桑」，但我們家沒有能栽這樣一棵樹的地方，故婉謝了。

西条先生去世之後，嫩子桑建議「無論如何擬請佐藤桑能夠嘉納」，因不好無視其善意，乃以「捐贈」的方式栽在永田町之首相官邸院子。

因大棵松樹無法馬上移植，經過三年左右之準備，我先生辭去首相之後才移植官邸。它移植在首相辦公室可以看得到的正前方，長得還不錯的樣子。

歷任首相皆有機會欣賞大詩人之遺愛的松樹，由之在政治之中多少能湧起「詩心」……，我常常對西条先生之遺族這樣說。

X　X　X

我們很愉快地安眠在此地。分別出生，相遇相知相愛，短暫生活在一起。雖然很傷心地分開，但現在又以心靈，永遠互相作堆。

這是現今安詳共眠於松戶市八柱靈園之西条先生伉儷的墓碑銘。這是以西條先生筆跡用金泥刻上起的。

（文中所引述西條八十的書信，完全沒有句號和逗點，這是譯者加上起的，特予聲明）

三島由紀夫的「叛亂」

三島由紀夫桑切腹自殺，快四年了。最近有和他的母親平岡倭文重夫人以及親友聚餐的機會。

平岡夫人現今是早稻田大學文學院東洋哲學研究室的旁聽生，在研究佛教哲學，似很健康的樣子。在晚餐席上，她淡淡地談了她與其公子最後告別的經過。她說：

「自殺前一天晚上，我從參加某朋友婚禮回來，基密獎（由紀夫氏之原名為公威，公威念成kimitake，她叫其為Kimichiang，故將其譯為基密獎，如照傳統譯法，應為阿公，但阿公會引起為祖父的誤會，故我故意音譯為基密獎）來家裡（平岡梓倭文重夫人住在三島家隔壁棟）等著我。

我以為他有什麼話要說，但他也沒有說什麼，只是發呆般地坐在那裡。他臉上充滿悲傷和痛苦的感覺。迨至十一點鐘左右，說「晚安」，要回去時回頭看了我一眼。我以為他會再回頭一次，但沒有。

現在回想起來，他身上有極寂寞的影子，是明天將要死之人的背影……」。

今日平岡夫人之所以要研究佛教哲學，據說是為了「要進一步理解兒子之死的一念」所使然。

談到三島桑，我們也有幾件忘不了的事。譬如他自殺兩年前的一九六八年夏天，我們邀請過三島桑及其母親倭文重夫人在永田町首相官邸四個人用過晚餐。

當時三島桑和我先生的對話給我很深的印象。我說「這個房子與成為二．二六事件（一九三六年部分軍官率領一千四百多名官兵叛亂的事件……譯者）舞台當時的外觀幾乎沒有什麼兩樣。外邊牆壁上還有彈痕」。對此三島桑說「噢……是歷史上的房子」。他的眼睛突然亮起來，東張西望地看著。

與我先生的談話，隨之轉到時局問題，三島桑談得愈來愈起勁，開始提到「忠君愛國」。他強調說：「在今日日本，還有許多和我們具有同樣志節的人。總理，男子漢要拿這個（作拿槍的姿勢）才行」。對此我先生說：「說年輕人有憂國之心，實在令人佩服……。不過關於這一件事，改天我們再慢慢談吧」。好像在安撫他的樣子。

X　X　X

三島桑在市谷自衛隊駐地自殺是我先生首相任內的事。對於議會政治和社會，他有他的要求和主張，最後他似乎有訴諸於非法手段的想法。

在此種意義上，對於三島桑有很難談的一面。惟因我和他的母親倭文重夫人是多年來的好朋友，所以我想透過夫人來回憶三島桑。

我和倭文重桑認識，是我先生擔任鐵道總局長或運輸次官的時候。

我先生在國鐵之前輩後藤悌二桑（已故）在其位於澁谷住家，婦女朋友們請廚師教她們作麵包。

在這個「講習會」，我先生之後輩，日後當選眾議員之岡田五郎桑（已故）的夫人多喜子桑及其姪女倭文重夫人是其成員。

後藤夫人幫我們介紹時，平岡夫人之氣質和優雅令大家羨慕不已。兩三年之後，我到料理研究家河野貞子桑之在世田谷區成城的家所開料理教室學習時，在那裡偶然重逢倭子重夫人，因而更加親密，由之更會談到家庭情形。

令人極為羨慕的母子情分

夫人的話大多有關兒子的事。她所帶的提包和所穿衣服都是最時髦的。她常說「兒子去旅行時都會幫我買回來」。這令我深感其兒子之孝順。她又說：「我來學習作料理的目的是想作給兒子吃的……」。但我竟不知道這個兒子就是「三島由紀夫」這個新進作家。此時三島桑已經著作《假面之告白》、《渴愛》等，其存在為世人所知，我也知道這個名字。

有一天夫人說：「我兒子寫小說」，並送我《渴愛》一書，使我嚇一大跳。

我突然說「妳竟是三島桑的母親……」。我並說「搞文學的人，即使年輕也懂得很多」。夫人說「是的，他還沒結婚呢……」。記得是一九五八年年初，平岡夫人對我說：「我現在正在替基密獎找新娘」。我說：「開什麼玩笑。三島桑還愧妳替他找……，他一定找他自己喜歡的人」。

對此平岡夫人說：「不，他全權授權給我」。她說，新娘的條件是圓臉，個子不要太高等等。

那時候，三島桑本身也急著想結婚的樣子。因為其母親生了喉嚨病，一時被擔憂可能是癌症。可能要使母親放心，三島桑想要趕快結婚。

如此這般，三島桑乃於一九五八年四月，和畫家杉山寧桑長女瑤子桑相親，六月，由川端康成先生作媒，閃電式地舉行婚禮。

每年夏天，在輕井澤，我都會和倭文重夫人見面。夫人常常一個人住在萬平大飯店，她有時候會來訪我們的別墅。

三島桑夫妻絕少來輕井澤，似多在伊豆半島海岸過日子。有一次我問倭文重夫人：「貴公子為什麼不來輕井澤？」她說「可能因為有太多回憶的緣故吧」。好像別有意思的模樣。

三島桑之孝順非常徹底。

他結婚以後不久，曾請其母親旅行歐洲。當時他親自去拜訪同行者之岡田五郎夫妻，請他們能多照顧他母親。

我到羽田機場送她時，三島桑一直在候機室陪著他媽媽。他替媽媽辦理登機手續，替媽媽買手伴禮物，再三說明在飛機內之應注意事項，非常用心和體貼。

三島桑的「母子情之深」是馳名的，而對於倭重文夫人之朋友，三島桑也無微不至，以至令人惶恐。

倭文重夫人訪問我們的別墅，隨即三島桑會來信謝謝照顧其母親。要求三島桑簽名，只要是其母親的朋友，他都一律照辦。

與倭文重夫人一起在早稻田大學研究的岩崎商事公司之岩崎治三郎夫人

昌子桑也是我的朋友，她擁有三島桑自殺兩個月前的一九七〇年九月寫給她的字。

曰：朝擇三能士　暮開萬騎筵。

這是七世紀後半，被認為要叛亂而被賜死之大津皇子之詩的一節，這可能是三島桑暗示著自己的命運。

「拜謁陛下」而臉紅

自己母親永遠優雅而美麗，這是三島桑的心願。三島桑一直用心於照顧母親的一切。

倭文重夫人對於和服非常有研究，造詣很深，趣味高雅。出現於三島文學之和服的種類、布料、內裡料子、顏色、帶子、裝飾品、穿和服之技巧和手法等等，可能都是受母親之影響。長篇小說《宴後》之女主角料亭的女主人所穿外掛裡的筆頭菜構圖的描繪，以及戲曲〈熱帶樹〉之最後場面，扮演律子之杉村春子，攤開透紅紅絹，忽然迷惑觀眾的精采場面等等，或許多是來自倭文重夫人之和服美學的建言。

喜歡看戲的我，三島桑的新作戲劇上演，倭文重夫人便邀我，我幾乎都不缺席。大部分，在開始之前，三島桑都會來我們的座位打招呼，並很親切地對我們說明戲中的特別精采部分。一九六一年十一月，模擬演出二・二六事件「十日菊花」時，我和時任通產大臣的我先生一道去觀賞。主角是中村伸郎和杉村春子桑。中村桑在公演前來我們世田谷的家表示：「這一次我要演大藏大臣。請轉告先生務必蒞臨指導」。幾個月之前，我先生是大藏大臣，他好像對這個主題蠻有興趣的樣子。這以T（高橋是清）大臣為模特兒，我先生看過戲之後，約中村桑一起吃飯，並表示感想說：「這個T大臣太苗條了」。

除戲劇之外，對三島桑印象最深的是，一九六六年十一月，觀賞菊花會的時候。三島桑在我先生面前立正報告說：

「總理，我剛剛拜謁了陛下」。他的紅臉，我至今難忘。

三島桑同時表示：「我要進自衛隊受訓」。這使我們夫妻非常震驚。

據說，三島桑與某年輕作家對談時，這個作家說溜嘴，說了嘲笑皇室的話。三島桑立刻變臉色說：「你如果再說這一種話，我要宰你！」三島桑幾乎要拔出他手上的日本刀。這說明了三島桑的真面目；是三島桑「尊皇精神」的顯現。

「楯之會」以來遠離我們……

一九六九年年初，三島桑母親寄來《豐饒之海》第一卷《春雪》給我；它署名「佐藤寬子樣，三島由紀夫」。我馬上開始看，看到二〇七頁時嚇一跳。

它這樣寫著：「走盡綠葉森森的迂路，有用石頭組成的別墅大門……，從南面陽台，遠遠可以看到大島，噴火的火成為夜空的……」（引自新潮社版）以至二一二頁，整整六頁所描述的情景，百分之百的是我們所租借前田家之「長樂山莊」。後來我打電話問倭文重夫人其究竟。她說妳們不在的時候，三島桑親自訪問山莊的主人所採訪的結果。

當時，我先生說「我們請三島君及其母親一起吃飯如何？」於是我打電話問了倭文重夫人意見。

她回答說「感謝邀請……」而婉拒。為什麼？並不清楚，後來思考，可能因為那個時候三島桑在大搞其所謂「楯之會」的緣故。

又在這個時候，據說三島桑時或和保利官房長官見面，屢屢表示憂國之情，覺得自己直接與首相談不禮貌，希望透過官房長官辦事……。

總之，「楯之會」活動以後的三島桑，似乎在逐漸遠離我們。我最後看三島桑的戲是，一九六九年十一月，在國立劇場演出的「椿說弓張月」。三島桑在開演之前，據說為要跟我打招呼一直在劇場門口等著我，我因為有事稍微遲到了。

演出過程中的用飯時間，三島桑專程前來我們座位鄭重表示「感謝光臨指教」。

與平常一樣那麼客氣的致意，我感覺很惶恐，並對遲到表示歉意。隔（一九七〇）年一月，我和孫女路子到帝國劇場觀賞〈飄〉的時候，與穿著黑紋外掛的三島桑互相道賀新年快樂是我和他最後一次的見面。我萬萬沒有想到這竟是我們的永訣……。

一九七〇年十一月二十五日中午許，我從外面回到公邸時警衛說：「剛剛有三島由紀夫這個人和四名同志闖進自衛隊市谷駐屯地，在益田東部方面總監室自殺」。

這個時候，三島桑是否已經身亡還不得而知，我極為傷心，但我相信他一定會切腹自殺無疑……。這是我的預感和堅信。因為一直下來，在〈憂國〉等戲曲，三島桑自演好幾次切腹自殺之場面。

這時我忽然想起前年所看《豐饒之海》第二卷〈奔馬〉的事。這個作品有軍隊叛亂的場面。我看完此書之後馬上給三島桑寫了信。那是下大雪的一九六九年二月二十七日之事。

「雖然只是差一天，發生三十三年前的二・二六事件那一天也是下大雪。那時我先生以鐵路局在外研究員身分在倫敦，聞悉「祖國發生革命」時，據說哭著拼命跑去大使館。爾後歲月流逝，現在我們夫妻住在當時流血的公館，真是沒有想到看你的著作《奔馬》，這不能不說是一種奇緣……」。

三島桑立刻給我回信：「拜讀芳書……」。

在另一面，我先生好像在國會走廊被記者問有關三島桑事件的事，報紙、電視報導說我先生云：「嗯，是不是變了心情……」。於是來了許許多多抗議的電話和投書稱：「對於憂國志士的三島先生怎麼可以說他是神經病！」

後來我問我先生到底是怎麼一回事？他稱：「我沒有說三島君是神經病。那麼好的青年，可能是心情發生變化所致。實在太可惜。我是以這樣心情說的。……我應該多聽聽三島君的話」。

我不便公開說弔唁的話

面對三島桑之死，我們的立場很複雜。因為我先生是現任首相，三島桑等人的行動，嚴格說起來是有對政府「叛亂」的味道。因此無論以哪一種方式，都很難說弔唁的話。

發生事件四天之後，我們才以電話和倭文重夫人說了弔唁的話。夫人以幾乎聽不到的聲音說「兒子死了」。這一句話表示了她的傷心和回憶。因此我也說不下去話了。

我先生辭去首相以後比較自由的一九七三年三月，我們夫妻和犬養孝先生、高田好胤管長、黛敏郎桑等，一起到和三島桑關係匪淺的奈良尼姑寺圓照寺。三島桑生前來這裡採訪過好幾次，在「春雪」用月修寺的名稱。

擔任首相時代，因立場關係，沒有機會公開表示哀悼之意的我先生，此時在這個寺院聽聽三島桑的聲音，禱告三島桑心靈之安寧。

禮拜完了之後走向山門途中，在不知不覺中開始下白粉……。此時黛敏郎說「夫人，這是春雪」。

萬國博覽會送迎國賓之回憶

三個晚上皆穿同樣衣服

「日本首相當中，歡迎國賓最多的可能是我。這是我一生最大的光榮，也是非常寶貴的經驗」，我先生回憶一九七〇年大阪萬國國際博覽會時曾經這樣說過。

參加國家一共七十九個，我們夫妻都去歡迎，歡送的國賓大約五十組。如果是平常，這相當於十五年的國賓數目，這等於說，我們半年之內歡迎了十五年分的國賓。

平常，國賓（皇帝、國王、總統）的歡迎和歡送都是由兩位陛下、皇族出面，舉行歡迎歡送儀式。首相等要以閣員身分陪同。

惟因萬國博覽會的時候國賓數目太多，故羽田機場之儀式全部成為我們的工作。加上在官邸的午餐會，各國大使館的酒會，官邸的歡宴，就我們而言，是相當吃力的勞動。

一個星期之中，竟有四個連續的晚宴，都是在官邸的同一個廳。這種時候只是坐在我旁邊的男士不同而已，其他的都與前一天晚上相同。記得是在其第三天，當時的木村俊夫官房副長官說：

「的確，連花和料理，演奏的音樂也都是一樣！」各大臣每一次四位，這幾乎半強制性地要求其出席，而我們夫妻和官房副長官的出席是一種義務。

男士的服裝是無尾禮服，女士是外出服，因我要接待的對象每一個晚上不一樣，故可以穿同一套和服，不會失禮，但我自己是穿膩了。我不由地這樣說時，我先生卻無奈地反駁我說：「那我怎麼樣？我四天、五天，每天都是穿同一套無尾禮服」。

以下我來談談我在萬國博覽會所迎接印象較深的幾個人。首先是依索比亞皇帝海列・色拉西艾一世陛下。該陛下之喜歡日本，在戰前就馳名。當時他是七十七歲高齡，個子小又瘦，臉部輪廓很深，其威嚴和氣質，自然令人肅然起敬。皇后已不在人間，姪女的皇女耶夏西華克・伊爾媽妃殿下陪皇帝，此外帶了兩隻很可愛的吉娃娃種愛犬。

當然「寵物」不能帶到正式場合，因皇帝吃東西不多，我以為皇帝有什麼地方不舒服，我便問他，他回答說：「佐藤夫人很抱歉，今天晚上在我住處愛犬等著我一起吃晚餐，雖然菜餚這麼豐盛，我還是不便吃太多」。他這一句話說明他可憐自己愛犬之飢餓。

離開羽田機場時，他把兩隻愛犬抱在兩邊腋下，我在心裡替他擔心愛犬會不會把他衣服弄髒……，結果他身上有好多愛犬之毛。

很想看看「廣島」

我非常佩服西德的海涅曼總統（當時）伉儷的為人。

首先，夫妻一起來日本的，除總統伉儷之外，只有兩對，這說明他們國家很節省，下機時看到他們所穿服裝之樸素給我印象很深。

夫人穿著深茶色風衣，戴著貝雷帽，完全沒有第一夫人的風采。演奏結束，鳴二十一發禮砲過程中，我從夫人之服裝看到德國之腳踏實地。

可是在隔天官邸晚宴之海涅曼總統夫人的身影令我不敢相信。銀色頭髮，穿著鮮豔粉紅色的晚宴禮服，胸前帶著許多小顆珍珠項鍊，這可能是要表示對珍珠國家日本的尊重。

當天晚上之海涅曼總統所說的話也令我難忘。

他說：

「貴國之發展使我不敢相信。我很羨慕日本首都東京是這樣繁榮的大都市。我們的柏林被分成兩個，首都被擠在小小的波昂……」。

當時我不知道應該如何回答他。總統夫人還提出這樣的要求：「既然來到日本，我們很想去看看廣島」。我很感激。因為來參加國際博覽會的國賓當中，只有海涅曼總統伉儷表示要去看看被投下原子彈的廣島。

據說海涅曼總統伉儷是天主教徒。由於其宗教信仰，他們可能認為被投擲原子彈是整個人類的悲劇。

加拿大單身宰相（當時）比爾．杜留特桑是人人所云之法國型「帥哥」。其一舉一動，眼神都很有魅力。他的談吐，有時候會出乎女性意料之外。

特別令我驚訝的是，他具有日本美之感覺。他說：「我去京都時候我要住日本旅館。為萬國博覽會訪問貴國國賓當中，說要住日本旅館的恐怕只有我一個人。比洋式飯店，我更喜歡住日本旅館。京都旅館的早餐太棒了！味噌湯、粉紅色、黃色的醬菜；煮的豆子，我都統統愛吃。另外，有檜木味道的澡槽我也很喜歡」。

此外，他也欣賞茶道、插花、能狂言以及禪的話題等等。他的欣賞日本美和日本精神的態度的程度，簡直是不可思議。

超人的第一夫人

從菲律賓，馬科斯夫人以代理總統身分前來日本。

我和伊美爾達夫人，以前已經見過四、五次。她曾經對我表示：「請把我當作妹妹對待……」。我們就是這樣親密。而在這一次晚宴，她沒有講稿，竟以很流利的日語致詞了五分鐘，令我更加由衷感佩。而且在致詞時，她更提到在主桌的所有日本內閣閣員和國會議員名字，這使我更加吃驚。

伊爾美夫人很像石井好子（曾任日本眾議院議長和副相石井光次郎女公子，是一位歌星……譯者）她是個子高的前菲律賓小姐的美人。她穿禮裝「得爾諾」，亮麗而漂亮的第一夫人喊了她自已的名字。在座的日本男士們一定因而妄然自失。

伊爾美夫人致詞之後，大家掌聲如雷，在座的閣員說「她真是了不起的女性」，讚賞不已。

事後我問她到底學日本語文學了多少時間？她說「這是秘密，我惡補了一個半月」。據稱她和總統結婚，是經過極其熱烈的戀愛，能以這樣漂亮而能幹的才女為太太的馬爾科斯總統實在是很幸福的男人。

與緬甸的元首、革命評議會議長聶・威恩伉儷之重逢，給我們很溫馨的歡樂。

威恩議長似把日本當作自己的第二故鄉。因為他年輕時候是緬甸獨立運動的鬥士，於爆發太平洋戰爭的一九四一年，與三十名同志偷偷回國，他是擁有藏身箱根經驗的人。

我陪我先生訪問緬甸是一九六七年九月的事。那時議長夫人之用心款待，實無微不至。

我們所住的仰光迎賓館，其池塘有小島，據說我們到達之前還有一棵非常茂盛的樹。但我們抵達之前把它砍掉了。

命令砍樹的是議長夫人。理由是，萬一歹徒隱身在樹上狙擊佐藤伉儷將不得了。

據稱她又這樣說：「樹再栽就行。但客人如果發生意外，將無法補償」。這使我非常感動。

夫人有六位千金，兩位公子，一共八個人。這一次，她把小孩全部帶來。這些小孩的長相和日本小孩很像，其中一個女兒與我孫子長得非常像，令我不可思議。

結束在日本的行程，我們到羽田機場送他們的那一天晚上，威恩夫人拉著我的手和瞪著我的眼睛說：「佐藤夫人！我現在要直往倫敦去開刀」。因為非常突然，我說不出話地勉強說「請多多保重」。而這竟是我們的永訣。人生真是無常。

她或許知道自已患癌症，和自已將要離開人間之不遠。據說她且已經安排好他先生再結婚的對象。這個人是夫人的姪女，一直沒有結婚的學校老師。夫人真是名符其實的心靈溫馨之賢妻良母的典範。

·在永田町的八年·

首相公邸有老鼠和蟑螂

為了不添加麻煩搬了二十四次家

一九六四年十一月九日，我先生出任首相之後，我們家隨之熱鬧和忙碌起來。

位於世田谷區代澤的我們自宅並不算小，但作為政治家的「私邸」，它並非一般人所想像的豪宅。惟因已經住的很習慣，也不想讓我先生太勞累，我們準備在首相任內一直住這裡。

但因學生運動日益激烈，對首相私邸之示威遊行也日熾。

對於一九六七年十月，包括越南之我先生訪問東南亞的第一次羽田機場事件；隔年十月國際反戰日所發生之新宿事件，大學紛爭也逐漸擴大起來。

世田谷自宅附近的緊張，及至一九六九年四月二十八日，沖繩之日達到最高峰。不僅是示威的時候，甚至晚上學生會化妝躲在附近。好幾部警察機動隊大車在附近從事警戒。

但還是有學生丟進他們自己製造的瓦斯彈到我們的院子裡。此時此刻，我和我先生逐漸聽到附近居民在說「被投擲火炎瓶，隨時有發生火災的可能。恐怕得把小孩和貴重物品疏散去……」。

於是我先生說：「這樣對附近的居民不好意思，我們搬到公邸好了」。我本身因不喜歡搬到犬養毅前首相曾經被暗殺的公邸，故沒有馬上同意。我先生說「頂多忍耐一年……」，終於被「說服」而搬到公邸。但說是頂多一年的，結果前後拖了四年，簡直違反了「約定」。

因而暫時結束了在代澤的生活，電話只保留一支，停止燒飯的瓦斯，家俱統統收在一起集中保管，家裡變成空空的。帶著書生（住在家裡幫忙雜務的工讀生……譯者）、幫傭、愛犬、小鳥、所有盆栽以及日用品等等，於四月底搬到公邸。

我去告訴替我們警衛世田谷之家的警察說：「這裡已經等同空房子，沒有什麼東西了，請撤離吧」。可是警察卻表示：「不行。既然是佐藤家的房子，即使沒有人住，還是要警衛。萬一被佔領，插上紅旗那就不得了……」。因而警察仍然繼續予以警衛。

現在回想起來，從我先生在鐵路局服務時代以來，找房子搬家幾幾是一種宿命。迄至目前，我一生中覺得最辛苦的就是房子的事。

此次搬到公邸，算是我們結婚以來第二十四次的搬家。在國鐵時代，住過門司、二日市、下關、鳥栖、和大阪的官舍。來了東京以後，為了找更便宜房租的房子，住過青山、下目黑，柿之下、上馬、吉祥寺、三田小山町等等。

一九四八年，我先生出任內閣官房官長時，我們在首相公邸旁邊官房長官公邸住過。因此靠近公邸之赤坂附近賣魚的，賣菜的，賣酒的店都蠻熟。搬到首相公邸以後不久，我去買東西時，八百幸的老闆便很興高采烈地對我表示：「恭喜夫人，先生高升回來，已經二十年了……」。

永田町的首相官邸，該棟走廊西南盡頭就是公邸，隔間不算很理想。除來客的三個客廳和日式房間，秘書官室外，我們夫妻個人用的只有兩房一廳。

由於它建造於一九二八年，所以雖然內部改造過，但仍然是很呆板的官舍造型。於是我更換了窗簾、椅子和桌子，使其比較有家庭的氣氛。有一室，我特別要求改造的就是女用廁所。

因為有外國客人會來，所以內壁弄成清一色的奶黃顏色，使其具有一流飯店之雙人房洋房味道。舊老官邸，唯有這裡是最新潮。

但卻有一件事情無從改起。就是老鼠和蟑螂的囂張。用最強的藥品也都沒有效果，有一次忘記收的牙刷上面竟有一隻四、五公分長的蟑螂爬在上面，令我先生抱怨說「這真是太糟糕了，必須想想辦法」。

季辛吉　把我當作女秘書

也有有如歌舞伎之仁木彈正化身的大老鼠。有像土撥鼠那麼大的老鼠棲身在寢室，抓老鼠器和殺鼠劑也抓到好幾隻老鼠。

這個公邸是於一九三二年的五・一五事件犬養毅首相被暗殺；一九三六年的二・二六事件，岡田啟介首相之小舅松尾陸軍大佐被槍殺以及好幾位穿制服和私服之警察被殺傷的地方。建築物外牆還有二・二六事件時打的彈痕。雖然用水泥補了，但仍然有歷史的痕跡。

搬進公邸之後，每年的二月二十六日和五月十五日，我們都請來法師誦經，以安慰其冤魂。但搬進去當初，值班的秘書曾經說「昨天晚上被惡夢魔住而沒有睡好」。

因為公邸是官舍，故不必繳房租和水電費。但電話有公家用私人用的，私人用的要從我先生的薪水扣繳。飯碗、棉被、家俱用品等公邸有，但除椅子、桌子、窗簾等以外，幾乎全部用自己的東西。

總之，公私要分清楚，接待客人的費用更要嚴格區別。

在這裡的生活雖然很單調，但卻也有非常方便的一面。尤其是一九七〇年的萬國博覽會時，因經常需要到羽田機場迎接和歡送，在官邸參加午宴和晚宴，一天要換三、四次服裝時，穿著鞋子可以出入公邸，非常簡便。如果要回去世田谷自宅，根本不可能。

又外國來賓要訪問私邸時，將其帶到公邸就行。可以「這裡是我們的私邸」有把客人帶到公邸的好處。在這裡請他們吃茶點，非常方便。

大部分是喝茶；不過我先生多年來之朋友洛克斐勒三世伉儷來東京時，曾經邀請共同的朋友麻生太賀吉、和子伉儷，松本重治伉儷一起用過晚餐。

一九七二年六月，季辛吉美國總統特別輔佐官（當時）來過公邸。此時是極機密的訪問，在公邸用過晚餐，外務省特別要求「希望是日本料理」，故特地訂了銀座吉兆的料理。

此時，因要和我先生談重要公事，故我沒有參加聚餐。而從玄關到客廳是我帶的，可能因為我不夠威嚴，季辛吉以為我是女秘書，所以態度極為冷淡。

會談結束之後，我進入會議室，季辛吉才發現我不是女秘書，立刻改變其表情說「剛才很不好意思」。

旋即季辛吉氏以很自然的親切口吻表示：「今天晚上的料理都非常好吃，我非常滿意。我要由衷感謝佐藤夫人的周到款待」；並贈送我銀製糖果盒子。

發生大事故夜　默默抄寫佛經

進入公邸右邊有一個好像是詢問處的地方，站著穿便服的警察。我對於他們特別用心和客氣。因為我喜歡看戲，常常從黃昏到晚上九、十點才回來，有時候會超過十一點鐘。

一九六九年以後，國會經常鬧事，在國會外邊，大學紛爭，琉球問題，反對美日安保條約的遊行示威，變成家常便飯。所以他們會想：「這樣時局，還看戲看得那麼晚才回來……」。但就我個人而言，「永田町城堡」的日子是被防彈玻璃和機動隊包圍的日子，我也想出去外邊換換空氣，這應該是人情之常。

在我先生擔任首相期間，曾經在羽田海面、富士山麓和雫石等地掉下客機；在成田和淺間山莊好幾個民間人和警察身亡。這種時候，我先生常常在公邸的臥房兼客廳桌子上默默抄寫佛經。此時之他的背影，有一種莫名的孤獨和嚴肅。

我先生之抄寫佛經，皆獻給時或來公邸的高田好胤管長（管理一個宗派之長），捐贈給創建藥師寺金堂之用，也奉納成田山新勝寺、淺草寺、水子觀音（秩父）等寺院。

除我先生被刺未遂外，我們在公邸的生活，我記憶猶新的還有三件事。這三件事，皆發生於一九六九年，首先是元月的東大安田講堂之攻防。此時，現場附近因機動隊放水，濕濕地很難走，遂在公邸換成長筒雨鞋，由加藤一郎東大總長（當時）陪同冒險考察了現場。

我先生自一九二四年畢業以後，經過四十五年所看到母校之荒廢情況，他一定感慨萬千。回來的我先生眼睛通紅，一直流眼淚。他說「因為周遭一帶放了催淚瓦斯」。回家換衣服時，連內衣內褲都有瓦斯味道，他的眼淚，似乎不只是因為瓦斯彈。

第二件事是八月初，在參議院強行通過大學法。在眾議院勉強通過之後，全國各大學和學生展開激烈的反對活動。因此如果在參議院強行通過，可能出現一九六〇年反對修改美日安保條約那樣的政治風暴。

記得是當天早上八點多鐘，我先生把田中幹事長、保利官房長官、平井太郎參議院會長（已故）到公邸來，舉行重要會議，在第一會客室的圓桌子舉行緊急會議，據說此時我先出生發出好大怒聲。

經過三、四十分鐘出來走廊的我先生表情極其嚴肅，大津秘書判斷：「總理準備辭職要幹到底的樣子」。

我指揮幫傭泡咖啡，烤托司等等，至今我忘不了當時的那一種緊張氣氛。

另外一件事是十一月，為談歸還琉球問題我先生前往美國時候的事情。當然我陪同去了，惟因有學生遊行示威的阻礙，坐車去要準時到羽田機場有困難，乃改由官邸院子乘航空自衛隊直升機到機場。

當天，從早上就下毛毛雨，氣氛非常暗淡。我第一次搭乘直升機。在前進飛行之前，即從官邸院子升起五十公尺左右高度，慢慢垂直升高，據說這個時候最容易遭受到狙擊。因傳說有人在附近樓房在……，故起飛的幾秒鐘，令我嚇得要死。

我們順利到達了機場，但隨行者和送行者的表情都很不尋常。所乘專機，警備人員擔心或許會有人裝炸彈。我走上登機梯，回頭一看送行者，兩個兒子的臉，顯得特別清楚。

在這瞬間，我故作出笑容，後來看這一張照片，一行中，笑臉的只有我一個人。我覺得這一次去美國或許不能安全回來，所以我給兒子寫了遺書。

出發前，我還作了這樣的安排：欲阻止我先生之訪美者一定要搞壞我先生要帶去的西裝等衣服。沒有西裝至少必須變更行程……。因此我們在出發之五天前，就把衣服送到羽田機場某處。

最後的元旦 在官邸插花

在不是那麼自由的公邸生活，還能搞搞茶道和插花、茶道，我和我先生是裏千家（流派）。把十二張榻榻米大的日式房間當作茶室用，曾和木村俊夫、中馬辰猪兩位眾議員以及中辺達雄泉州銀行副董事長夫人舉辦過茶會。我先生有空的時候，便會來茶會一下，享受享受一番。

因為需要，時或要插插花。我多年的恩師工藤光園先生（小原流）已仙逝，故目前拜其公子和彥先生伉儷為師。

我先生看我插花每每搞得那麼晚，還開玩笑說：「將來我失業的時候，就靠妳教授插花來過日子」。

一九七二年元月，我特別拜託官邸的相關人們，一個月以前就思考，自己買材料，在官邸正面和左側樓梯，插插「緬懷日子的花」。我先生辭去首相是這一年的七月。我覺得這將是在首相官邸最後一次的過年，因此特地請大家這樣作。

有紅梅、白梅千両、葉牡丹等很大作品，高的部分，還用三個椅子疊起來爬上去插。

這一次插花，擺了整整一個月。據稱，出入官邸的諸大臣和國會議員們都說：「今年為什麼插著這樣豪華的花，真是奇怪」，覺得不可思議。知道「花」的實際情形的只有我先生和我。

另外一件令我回憶的事是，養在官邸玄關候客室的熱帶魚。有各種各樣的魚，譬如可愛的海馬，非常美麗的海葵、海百合，和珊瑚等等。這些是一九七二年五月初，印尼的蘇哈托總統來日本時所送的。

我先生大概特別喜歡這些熱帶魚，早晚常常在觀賞。有時候一直在看，好像著了迷的樣子。

我先生辭去首相，官邸換了主人之後不久，這些魚便被送到上野的水族館去了。

曾經傳說，為了這些熱帶魚，在特地運來由小笠原諸島附近的海水。因而引起了「這麼浪費……」此種誤會。

事實上是，並非從那麼遠的地方運水，而是有人在運乾淨的海水賣給上野水族館，從水族館分一點水而已。

我先生在首相末期，風評欠缺，或許那些熱帶魚被視為我先生的「分尊」或遭了殃。有一次我先生還在問「那些熱帶魚不知道現在情況如何？」

新婚之夜睡養蠶房

「總理，最後我有一項拜託，請能替這些女孩子找新郎」。

這是我先生上任首相三個多月後的一九六五年二月，在去年東京世界運動會獲得冠軍之女子排球日本代表隊，由大松博文教練陪同訪問首相官邸時所說的話。

以一國宰相之身分，與完成世紀之偉大事業的「魔女」見面的我先生，非常感動。我先生由衷祝福她們，慰勞了她們，但告別之前，大松教練提出「最後的拜託」。

「特別是隊長的河西（昌枝桑）稍稍過了婚期。她犧牲自己的結婚，為球隊奉獻。請能幫幫她的婚姻……」。

因為突然的陳情，我先生似曾一時不知道該如何是好。於是我先生說：「嗯，婚姻……，這是內人的領域，跟她說說看，或許有辦法」。他就把這個問題丟給我。

幾天之後，大松桑前來我們在世田谷的家，拼命說服我。當時決定「見見其本人再說吧」而告別。急性的大松桑隔天把昌枝桑帶來我家。

時差攻擊式的極機密作戰

我第一次見到河西昌枝桑時非常驚訝。遠比在電視上看到的高得很多，把她帶到日式房間時，幾乎要碰到門上橫木。我雖然答應要幫忙婚姻事，但覺得「這是不得了的大事」，頓時完全失去自信。

不過和昌枝桑開始交談之後，覺得她是一個很溫和而文靜的女性，逐漸確信她一定能夠建立美好的家庭。

從這一天起，我便全心全力，有空的時候就辦理這一件事。

大松桑提出三四個條件。第一，昌枝桑身高一百七十四公分所以男性要比她高；第二，年齡要三十四、五歲（當時昌枝桑為三十一歲）。男性要長得帥，人品要好等等。

遂透過全國的朋友和熟人幫忙找新郎，但第一條件的「身高」很不容易找到。據說鹿兒島縣有一個相當合適的男性，試探結果連相親都沒有相親；以在石川縣之小松製作所服務某氏很不錯，遂叫秘書去小松市看看，但還是不行。

在這期間，大松桑還來我家幾次催問情況如何說「還沒有對象嗎？」真是像比賽排球一樣，對對方作一連串的致命攻擊。這時，我想到在防衛廳工作的姪女丈夫古賀速雄，由其找自衛隊隊員。他找到六個左右的候補。其中一位便是和昌枝桑結婚的中村和夫陸上自衛隊二尉（中尉，現今為三佐，即少校）。

這個相親也費盡了苦心。因為那時候女性刊物曾經刊登過亂猜的所謂昌枝桑對象，為避免莫須有猜測，相親都很秘密地進行。

日期為四月七日，地方是我家。不過個子高的昌枝桑如果白天到我家來，一定會有人注意。而且如果我先生在家，會有多位記者在場，這樣不行。因此決定在黃昏，我先生還沒有回家之前，請昌枝桑來我家，請中村桑晚上晚一點來。

在二樓的小客廳，中村桑及陪同他來的長官，昌枝桑和大松桑，以及古賀和我們，聊天了將近兩個小時。

爾後，中村二尉和昌枝桑到底約會幾次我並不清楚。但中村二尉說：「愈和她見面，愈感覺她是一位很好的女性」；河西桑也說：「中村桑很帥」，雙方皆告訴我：互相欣賞的事實。

發表訂婚是大約兩個星期以後的四月二十二日晚上七時，在市谷會館舉行。

發表前一天，在我家舉行記者招待會的預演。由我和佐竹弘造秘書等作「預測問答」，扮演記者角色問：「你欣賞新娘（新郎）的那一點？」；「你（妳）們想建立怎樣的家庭？」；「將來的夢想是什麼？」等等。考驗考驗他們兩個人的膽量；但男方是自衛隊的跳傘專家，女方是世界排球冠軍戰選手龍頭，預習根本是多此一舉。

有志竟成實現了「公約」

我沒有出席市谷會館的訂婚發表會，我看了電視轉播。他們兩個人的回答都非常好。

中村桑說：「她是很難得的打敗強敵蘇聯隊的女健將」；昌枝桑稱讚：「他是我真正能夠依靠的男人」。一開始就合作無間。

當時，大松伉儷正在旅行中國大陸。對於決定訂婚事，我的電報簡單稱：「提親成功 寬子」。對於恢復邦交之前的中國，不便以首相「佐藤榮作」打電報。……這或許可以說是時代的一個插曲。

結婚典禮決定於五月三十一日，在市谷會館盛大舉行。婚禮之準備，全部由我包辦，訪問中國大陸的大松桑，結婚典禮之前一天回來，趕上婚禮。

我對大松桑開玩笑說：「大松桑，真是有志竟成，對不對？」他回答說「我在夫人面前，實在抬不起頭來」。

我們夫妻，作為媒人，從頭到尾參加了婚禮和喜宴。要更換新娘的衣服或在頭髮上插花，美容師都得站在椅子上來工作。

現今，中村伉儷育有兩男一女，都是健康優良兒，家庭非常幸福和美滿。他們把我們家當作娘家常來，我先生也很喜歡他們來。

我先生在首相任內，當媒人是最適當的年齡，因此許許多多的人來拜託，因時間和體力的關係，不可能有求必應。故不只是媒人，連參加喜宴也決定通通婉謝，七年八個月貫徹了這個方針。

但例外是中村、河西兩府之婚禮，以及已故橋本龍伍桑（曾任文相和厚相）之大公子龍太郎（後來曾任首相……譯者）的婚禮。此外曾出席池田前首相之千金紀子桑之婚禮。

池田紀子桑是勇人氏所疼愛的千金（次女）。在一九六九年五月十五日之婚禮上，很難得，我先生在喜宴上致詞：「已故池田君一直在找自己的繼承人。同鄉（廣島）又是大藏省之後輩的新郎栗根行彥桑（現今之池田行彥氏，大平藏相秘書官）是池田君的理想人選。櫻田桑（武氏，當時為日清紡會長）您真是找到非常好的人。我深信在天上之池田君一定在高興……」。

田中首相把一切「送給」女婿

目前以日本之第一夫人在國際上大顯身手的田中真紀子桑的婚禮也給我極深的印象。我雖然不是媒人，但田中（角榮）首相在自民黨幹事長當時，問過我的意見。

真紀子桑之先生的直正桑父親鈴木直人氏，曾任熊本縣知事以及眾參兩院議員，為我先生盟友，可是壯年去世。他的夫人美彌子桑和我是十幾年來的親友。

有一天，選擇鈴木家之三子直正桑為女婿的田中桑來問我意見。我說：「其本人以及家族都沒有話說。這是非常好的婚姻。他或許願意為您的養子」。

一九六九年四月十五日之兩府的婚禮，我也應邀參加，我為真紀子桑父親之滿腔熱情致詞所感動。最後田中桑代表兩府致謝詞大流眼淚說：「三十分鐘之前，新郎鈴木直正君，下定決心願意作我們家的養子。（……說不出話一陣子）我因高興而感慨萬千。現在我要把我們家一切的一切送給直正君！」因田中桑舉雙手這樣大聲喊叫，在場的人都嚇一大跳。

我首次接受商量時，我覺得直正君不一定肯作養子，到舉行婚禮當天還是在猶豫不決。因此田中桑才那麼高興而喊叫，他那一種心情我是能夠理解的。

包括鐵路局時代，我們作的媒，大約兩百對。不知何故，我先生二十八、九歲時就有不少人請他作媒人。

是不是為人們所信賴，還是適合扮演這樣的角色，不得而知，因他喜歡幫別人，或許從那個時候就有「人事之佐藤」的顯現。

我先生的部屬、朋友、親戚、幫傭、秘書、國會議員（小坂善太郎、小宮山重四郎、小淵惠三、塚田徹等各氏）、新聞記者、摔跤選手（豐山）、歌星（石井好子桑）等等。尤其國鐵時代之部下，現任鐵建建設副社長長濱正雄桑伉儷，父子兩代都是由我們作媒人（小淵惠三之真正媒人是譯者）。

代理我先生出席婚禮時，我的身分為首相夫人，故常常得致賀詞，對這我很棘手。

到了代理我先生第七年，致詞已經相當習慣時，聽別人說的我先生有一天取笑我說：「據稱妳在婚禮上的致詞，很有進步」。

譬如介紹新郎寡言的時候，我致詞時就會說：「據說，男人剛結婚時，一天平均的會話大約一千五百句左右。十年、二十年、三十年以後，會變成十分之一，百分之一。我先生比一般男人更不愛說話，結婚當時的說話為別人的三分之一，我非常傷心地反省：是不是因為我沒有愛情，還是有什麼缺點。

經過四十年歲月以後的今天，我完全不說話。他坐下來，我就為他端去一杯水。他面向電視，我便按鈕，看棒球比賽轉播……，以心傳心，夠了。這要經過好長好長時間。所以我要拜託新郎要和新娘多說話……」。

如此這般，作了許多媒人和出席過很多次婚禮的我，眼看豪華無比的大飯店，新娘的亮麗燦爛婚禮衣裳，會令我偶然想起自己的婚禮。

這是半個世紀以前，說起來臉會紅的，非常簡單而可笑的婚禮。榮作和我們是表兄妹，從小就訂了婚，「因為是親戚，就在家裡舉行」。即一九二六年二月二十三日，舉行婚禮於山口縣熊毛郡田布施村（現在是町）佐藤家（自己住宅）。我凌晨四點鐘就被叫起來開始準備。當時是沒有假髮的時代，為作我的新娘頭髮，梳頭師化了整整三個小時。

臉擦得像白牆，口紅像豬口的小町紅；穿的黑色衣服，帶子笨重，是圓帶子。我小時候父親就去世，由母親養大，家裡貧窮。我一直感謝和擔心弄髒我母親從親戚小姐借來的漂亮衣服。

叔叔寬造當媒人，在裡頭的房間，作三三九次互相乾杯喜酒，繼而是喜宴。因我從小就是很深的近視眼，母親特別交代說「穿得這樣漂亮的新娘，不能帶眼鏡」，所以我幾乎什麼也沒有看見。只記得媒人的叔叔夫妻、榮作之父母、我母親和妹妹在場。

我們沒有拍攝結婚照片

那一天天氣特別冷，打開拉門，房間完全透風。外邊許多村裡的人來看熱鬧。雖然說這是鄉下的習慣，但這無異是免費看戲。

旋即來看熱鬧的這些不速之客，上來房間，不管新郎新娘，開始吃喝。在這期間，我沒有更換衣服，穿著有家紋的黑色衣服一直坐在那裡，迨至晚上九點以前才獲得解放，我累得幾乎要倒下來。

此時我在心裡想：今天晚上不知道我們要在那裡睡？此時母親說：「你們就住在這個二樓……」，並把我們帶去。這裡竟是中二樓的養蠶房。天棚很低，小小暗暗，是把儲藏室稍稍整理好的地方，這就是新郎新娘的洞房。沒有火爐，冷得要命。

隔天，我們去掃祖先墓，旋即前往我先生的任所門司。這算是我們的新婚旅行。

我的新娘家當是一個行李箱和一個提籃。寢具另外寄去。行李和一個女學生搬家沒有什麼兩樣。

從下關到門司之關門聯絡船的汽笛聲畢一聲……，輪船離開碼頭，快到九州時我因害怕而流下眼淚。我先生有一點生氣地說：「有什麼可傷心的，我不是在妳身邊嗎？」

我們沒有拍攝結婚相片。後來小孩子問為什麼沒有拍？只有老實告訴他們：「因為鄉下沒有照相館。要從遠方請來也實在太浪費，預定到爸爸工作地方再去拍。惟因準備的錢花光了，因此沒有拍……」。

我們兩個人盛裝拍的照片，只有一九七二年，我先生獲頒大勳位菊花大綬章時拍的這一張。這是舊郎舊娘照片，離開兒子們所想像年輕夫妻之形象甚遠，但應該還能夠多多少少滿足兒子們的希望。

變成「迷你歐巴桑」的我

今日，不管我到那裡，都會被問迷你裙的問題，使我很難為情。我說「那是很久以前的事」，但還是要我說明要穿迷你裙的理由。

那是一九六九年秋天的事，是大約五年前的事情。我陪同我先生訪美之前，我問了下田（武三）駐美大使夫人，穿什麼服裝去比較合適，與其商量。她說：「目前美國正在流行迷你裙。上衣款式無所謂，但裙子要盡量短一點……」。

於是我去找朋友服裝設計師森英惠桑研究，請她給我作「高膝蓋大約三公分」的裙子。這是需要很大勇氣的。

由羽田機場出發，後來看了由飛機舷梯拍的照片，可能因為我舉了手，或者相機角度的關係，看起來好像高膝蓋五公分左右的樣子。

結果被好多人譏說：「一大把年紀，還穿什麼迷你裙？」風評欠佳。於是一直被稱為「迷你歐巴桑」，覺得非常難為情，甚至啼笑皆非。那時是為了要討回琉球，想讓對方形象好一點……，為國盡一點力的心情在作祟。

我以首相夫人陪同我先生首次訪美是一九六七年十一月之事。這是我先生上任首相以後第二次訪問美國，負有討回小笠原諸島和琉球的重要任務。

X　X　X

我先生之赴美，在此以前，曾奉陪吉田前首相去過，大藏大臣、通產大臣時代也橫渡太平洋好多次。更早以前，在鐵道省時代以在外研究員身分在美國滯留過一年，所以我先生之日美合作路線實具有四十年的歷史。

我自己，在此之前，我去過美國一次，那是我先生沒有擔任職務的時代（一九五二年十月），是很自由的旅行。不過當時是古巴危機之時，我先生在這個緊張時候和已故甘迺迪總統見了面。

由於一九六七年之赴美，與我先生是以國賓身分去的，因此非常緊張。在白宮廣場的歡迎儀式……。詹森總統夫人對我獻紅薔薇花，我和我先生站在特別製作的台上，接受十九響禮炮，演奏美日兩國國歌，發表演說。覺得很開放的是，周圍雖然用繩子圍起來但參觀者可以自由進進出出，搖搖手，微笑表示歡迎之意。

我的精神，由之一下子輕鬆下來。晚上有總統伉儷的歡宴。來自全美國的嘉賓，可能有一千人，就日本而言，這簡直是不可思議的規模，非常輕鬆。

宴會之後的餘興，由總統夫人親自主持，這，令我非常驚訝。第一位出現的是備受歡迎的歌星托尼・柏聶特。他大唱特唱。

快要結束時，我們和總統伉儷和韓福瑞副總統伉儷，以托尼為中央，在台上，與大家揮手道別。總統問「佐藤夫人喜歡不喜歡托尼・柏聶特？」我回答說：「喜歡。他在日本也非常受歡迎」。這大概馬上轉告了托尼，他極其歡欣。

越戰之各種悲劇

我們在儀仗隊陪同下，參拜了亞林頓無名戰士之墓和已故甘迺廸總統墓。爾後一九六九年和七三年，一共去過亞林頓三次，它給我的印象，至今難忘。

可能是由於越戰的陣亡者，每一次去都有新的墳墓，或許是寡婦或者母親，有長時間摸著以及親著墓石的老婦人，也有用雙手抱著十字架墓一直哭的少女，都是穿著喪衣的可憐女性。

面對令我極其難過的情景，我先生說「嗚呼，絕對不能有戰爭」。此次訪美，在政治上有豐碩收穫。十一月十二日，發表了同意歸還小笠原諸島，琉球群島「將在兩三年以內」歸還的共同聲明，那一天之日本大使館全體館員，感動極了。

大使館掛著上一個月剛去世的我先生恩師吉田茂先生遺像，以我們夫妻和下田大使伉儷為首，舉行了內部的慶祝晚餐會。下田大使說：

「我有幸，簽訂舊金山和約時，我以最年輕事務官跟隨吉田首相前往舊金山。當時之外交官中，現在還在第一線的恐怕只有我一個人。現在以大使身分，能向吉田先生報告戰後日本所遺留下來之外交課題的解決已經有了脈絡……」。他說到這裡時說不下去停在這裡，大家開始哭泣，感慨萬千，所準備的日本料理，幾乎都沒有吃。

我們所住的布列亞迎賓館，面向大馬路，靠近白宮，是一個簡單樸素的老建築物。房間裡頭的天花板，睡床、桌子、椅子、櫥櫃，以至天花板都是洛可可式氣氛，非常穩重，惟有男人用書房是深胭脂色的，極為用心而合適。這裡有敘述美國歷史的簽名簿，我很惶恐地簽了名字，同時深感至為光榮。我也以首相夫人身分應邀舉行記者招待會。在日本，沒有這樣的習俗，不過從前陪我先生訪問東南亞國家如澳洲、紐西蘭時有過我的記者招待會。

在這些國家，記者問的第一個問題都是：「您的洋裝是哪一個國家縫製的？胸前戴的別針是誰送給您的？」等等，多是有關服裝的事情。由此我才知道這是對於婦女的禮儀。

在美國時，也曾經被問：「據稱日本的傳統在慢慢消失，這是事實嗎？」對此我強調了日本料理和日本房屋房間造作之良好和詳細說明年輕人也能把和服穿得很好。

又有人問：「據說夫人是插花的老師，不知道有幾位師傅？」我說「目前我沒有教學生，萬一我先生失業了，我準備做插花老師賺錢」。對此有的人笑，有的人好像在佩服而嘆氣。

兩年之後的一九六九年秋天，我又陪我先生去了美國。這一年的一月，美國總統由民主黨的詹森換成共和黨尼克森，歡迎儀式地點一樣，但方式有所改變。

有陸海空三軍之儀仗隊，加上鼓笛隊，比以前熱鬧得多。晚宴氣氛完全相反，大家都結白領帶，極其嚴肅，人數也少得許多。宴會廳模樣全部改變，令我深感真正政黨之輪替。

從總統夫人學習「選舉策略」

尼克森夫人是一位非常刻苦耐勞的人，對於其先生的內助之功是馳名的。她是文靜而穩重的美國式美人。不過我首次見到她的這一年，可能因為美國總統選舉過後不久，顯得很疲累的樣子。

尼克森夫人請我和下田大使夫人喝茶，陪我們參觀白宮，非常用心招待我們。

尼克森夫人在閒聊中也提到選舉運動的事。因為同樣身為政治家太太，經常在為選舉費神和操心，自然不缺話題。談到應該注意那些事項時我說：「我替我先生到選區，但不擅長演說。服裝也盡量穿不顯目的衣服」。

對此尼克森夫人似覺得非常意外而說「穿不華麗衣服？這怎麼行。在美國，是要盡量穿漂亮的衣服，使自己顯得更美麗。不要帶寶石，但要設法特別突顯自己。

不過近幾年來，日本的候選人夫人的服裝和活動，如尼克森夫人所說，愈來愈華麗的樣子。

我也曾經應阿格紐副總統夫人以及羅嘉斯國務卿夫人之邀請共進過午餐。羅嘉斯夫人，從前來東京參加美日經濟聯席委員會時見過面。她是非常樸素但極為熱情的人。

又曾任駐日大使之阿列克西斯・詹森副國務卿夫人，一直陪著我和照顧我，並一再表示「非常想念日本」。

此次訪美，決定了「琉球沒有核子，與本土相同，七二年歸還」，十一月二十二日發表共同聲明，在決定這一件事之前一天晚上，我和秘書官等幾乎都沒有睡。

在布列亞迎賓館，我和我先生的臥房是分開的。很晚大津首席秘書官到我房間拼命問我：「明天是關鍵的日子。我們不能空手回國。總理現在在幹什麼……」。於是我連拖鞋都沒有穿遂偷偷地去窺探究竟，結果發現他在大打鼾聲睡大覺。我告訴秘書：「他在打鼾聲睡覺」。秘書說「那應該沒有問題」，大放其心，回去自己房間。

我先生辭去首相的隔年（一九七三）一月，我陪他去美國時候的事也令我難忘。

此時的我先生完全是以私人身分去美國的。順便要感謝歸還琉球，木村俊夫（現任外相）和山中貞則（現任防衛廳長官）兩伉儷也跟我們同行。

一月二十日，我們參加了尼克森總統之就職典禮，晚上出席共和黨主辦的慶祝晚會。此時的入場費每人四十美元房間（八個人用）費一千美元，以及餐費，據說全部將捐給共和黨。對此我先生說「我國如果也這樣做多好」。

在這個慶祝會上，我突然被尼克森總統邀請做其舞伴，我先生則和巴特利西亞夫人共舞。說是跳舞，我拼命跟著尼克森總統動作，雖然只是兩三分鐘，這也是我終生難忘的一件事。一月三十一日晚上，我們三對夫妻應邀參加了尼克森總統伉儷的晚宴。美方的賓客限於訪問過日本的政界財界人士，羅嘉斯、詹森副國務卿、季辛吉等等，百事可樂的肯德爾董事長也參加了。

在這個宴會席上的一分鐘致詞，被要求說說「晚上的東京」的季辛吉說：「我身邊隨時隨地有警衛，所以我完全不知道晚上的東京」；總統千金茱莉・艾森豪夫人，很認真地說了年輕人的話。她說：「我們的父母曾經為美日友好而賣過力，今後要由我們年輕一代來深化這個關係」。我遂對於坐在我旁邊的尼克森總統說「這個致詞太棒了」。尼克森桑也喜氣洋洋地回答說：「是嗎，如果直接告訴我女兒，她一定會很高興」，非常得意。

詹森夫人說「我先生是很有正義感的人」

就職典禮之隔日發生了一件很意外的事情。就是一月二十二日，詹森前總統突然去世。

我們在訪問美國之前，已經連絡好日期和時間，參加尼克森總統就職典禮一星期之後，要去德克薩斯之詹森牧場，謝謝他有關歸還琉球一事。二十五日，在華盛頓國家市鎮基督教教堂舉行國葬時，我先生以特派大使身分參加，在其前一天晚上，我們有機會和詹森夫人敘舊。

在布利亞迎賓館，舉行過守靈追悼會，我們也從我們所住的日本大使館前往考加。

詹森夫人在我們到達之前，據稱非常平靜，有時候還微笑接待大家。但我們夫妻對她表示弔唁時，她突然流下眼淚說：「佐藤先生，我先生一直等著您來。他聽說您要來德克薩斯乃稱『佐藤桑是很講國際信義的人。他還專程要來謝謝我……』而極為感動」。我先生說：「非常感謝。我要代表日本由衷感謝歸還琉球」。

對此夫人明白表示：「我先生認為美國不應該擁有的，就應當早日還給日本，他是一個有正義感的人」。

對於自己先生敢斷然說「他是很有正義感的人」之巴特夫人的話，極堂堂正正，非常痛快。

藝妓送我先生烤蕃薯

有一天，從宴會回來的我先生好像非常開心的樣子。我便問他：「有什麼特別事讓你這樣開心的？」他說：「嗯，在宴會美女給我許多飯和蕃薯吃……」。我嚇一跳。因為要使我先生不能太肥胖，家裡的菜單，我把關得很嚴，極為費心。惟我先生在首相時代以及辭去首相以後，常常在宴會等在外邊用餐，因此在家裡的節食變成沒有什麼效果。所以我對於要去參加宴會的我先生叮嚀說：「不要吃飯」。這是後來才知道的，知道我先生餓肚子的老闆娘以「我先生太可憐……」而給我先生飯吃。

據說，特別是去有藝妓的宴會，很清楚餓肚子之滎作的藝妓桑，會買我先生最愛吃烤蕃薯等他。

我先生在宴會幾乎完全不喝酒。一個人默默的在那裡吃藝妓買給他的烤蕃薯……，這實在太不文雅了。

釣海魚本事連專業者都不如我先生

榮作的母親莫優，跟先人一樣，對於食物好像也很用心。作為鄉下人，在某種意義上她算是講究飲食的人。

但這並不意味著她要作奢侈而好吃的東西，她善用山海的一切自然材料作給兒女吃。

我先生似因受到母親很大影響，特別喜歡吃田園風味的東西。譬如瀨戶內海之俗稱「金太郎」的小魚乾。是一堆多少錢的便宜魚，生的很容易腐爛，過去是用於作肥料的東西。

也喜歡吃叫做尼那的小腹足貝。直徑一兩公分，用鹽開水煮好之後，以針掏出來吃。

首相任內時代，星期六下午會早一點回來公邸，如果煮好小腹足貝給他，他一回來，連西裝都不換，便一心一意吃腹足貝，吃得不亦樂乎。看他用針把那麼小的腹足貝裡頭的腸都掏出來吃，一定是從小就非常熟練無疑。

首相時代，去淺草的「駒形」吃過泥鰍。田螺、海蠃、蠑螺等等，他都喜歡吃。比諸高級的螃蟹、蝦，他更喜歡吃河蟹、小蝦等等。

總而言之，他喜歡海產，不但喜歡吃，而且很能釣。出任首相以後，因怕加添警衛麻煩，不去了，以前他常常到東京灣等等。

前面我說過，我先生是釣鰻魚的「達人」，但他自己更說「我不止釣鰻魚」，在海釣他似乎也很行的樣子。

住在三田的自由黨幹事長時代，好幾次和兩個兒子到東京灣去釣了好多好多蝦虎回來。

平常，大多由附近的芝．金杉橋租小船到海面去釣，有一次划船的船夫還問他「老闆是幹什麼的？」我先生答非所問，船夫遂自言自語說「不管三七二十一，你不是普通的人」。大概眼看其釣魚技術之非凡，還是看我先生曬黑的臉有所感的緣故吧。

我在首相公邸作竹筴魚乾

水果類，我先生最喜歡西瓜。最近其價錢有一點貴，但它是平民的水果。我先生在少年時代，因兄弟姊妹多，好像連西瓜都沒辦法吃得過癮的樣子。當時都把西瓜切成小片慢慢欣賞，所以我先生曾經說：「有一天我有辦法的時候，我一個人要吃一整顆西瓜」。由此可見其少年時代的飲食情況。

此外，由母親莫優「傳授」的食物，還有用梔子花蕾漬梅酢的醃菜，紅棠吾的鹽醃，山蓊菜的醃酢醬菜……。

山芋、樹莓、菜萸、桑果、防風等等都是令我先生回憶家鄉最佳風味的東西。一般來說，防風不是生魚配菜的一種，煮好漬酢加醬油來吃。

特別是，我家最得意的醬菜是薤和茄子的芥末醬菜。在首相公邸時，曾經向附近的蔬菜商買了兩斗（大約三十公斤）薤來醃，其臭味漂到玄關，諸秘書官都得捏著鼻子行走。

醃薤的秘訣是要恰到好處地配合酢、酒、鹽、和糖來醃。我們把佐藤家祖先傳下來的風味，也讓親戚和朋友分享。

就我個人而言，對於吃我並不太講究，反而比較喜歡作料理。作麵包、奶油泡芙、蘋果酥、蛋糕、泡雪、洋粉、樹葉包的餡年糕等等，我是蠻有自信的。

在首相公邸，我常常自告奮勇地作魚乾。我會一下子買許多竹筴魚、梭魚、沙丁魚等，剖其背醃鹽放冰箱。隔天，把它放在公邸中院子附近屋頂曬。該屋頂又高又寬闊，陽光普照，貓也不會來，是曬魚乾最好不過的地方。

但如果從霞關大樓用望遠鏡可以看得一清二楚，因此有一次我先生苦笑說：「妳在首相公邸作魚乾，膽子實在夠大」。因此據說出入首相公邸的好多國會議員問：「首相夫人是不是魚商的千金？」

這個自家製造的魚乾，首先是新鮮而經濟，味道也不比專門店的差。

我同時也製造了蕃薯乾。將其製成半透明而柔軟，非常好吃。

政府的中心建築物首相官邸的一隅，首相公邸竟成為魚乾、蕃薯乾的加工場，外邊的任何人都不可能想像。

我先生喜歡吃的竹筍煮法，母親也傳我其秘訣。將剛從山裡挖掘回來的白筍，用重蓋子的鍋子用水煮。

煮軟了之後，要加醬油和糖，再煮長時間。不必加其他任何東西，保留竹筍之原味最重要。

在公邸和親密夫人們舉行俳句的學習會時，偶然出了「筍」這個題。我作了「剝筍皮廚房夫亦來」。將我先生的情景寫成十七個字，老師草野一郎平桑（曾任眾議員，已故）說「這個句不錯。但以先生是首相為前提……。天下之總理大臣為竹筍味道誘惑到廚房來，很好」。

一九六七年左右，園田直厚生大臣（當時）夫人，因布加利亞駐日大使送她養樂多菌，她分給我。布加利亞以其世界最長壽國家馳名，據說養樂多對國民之健康非常有幫助。於是我用這個菌在家裡製造養樂多，以至今日不斷。

我先生擔任首相的時候，有一個雜誌介紹這一件事，於是全國各地來信要和我分享這個菌，使我非常困擾。也有人附上回信郵票，惟因東西是液體，又無法郵寄……。千葉縣的一位家庭主婦說：「我現在懷孕中，希望生產健康、腦筋又好的小孩，請能分享首相尊府之養樂多菌」。不久她家的人來永田町首相公邸，我曾教對方如何作養樂多。

一九六九年十一月，我陪我先生訪問美國時，在布列亞迎賓館早餐上給我們吃養樂多時我嚇了一跳。

可能事先作好調查，知道「佐藤夫妻常吃養樂多」的尼克森總統夫人巴特利亞桑準備的。我覺得招待客人，應該這樣用心才對。

偷吃餡蜜豆

我先生於一九六四年出任首相以後，自行戒煙，但這對他而言，是很痛苦的事。

他本來抽煙抽得很兇。但從來沒有說過要戒煙。他的戒煙也不是一下子全戒……，而是今天是十支，明天九支……，逐漸減少，我先生辦事作風是這樣的。

不久戒到一天兩三支，於是我送糖果或巧克力到首相官邸，由之戒到一天一支，甚至完全不抽了。

但這個時候或許最危險。與來訪客人談事情時，會不知不覺之中伸手到桌子上的香煙匣子。有一次偶然給我看到，我就壓住我先生的手。

我先生雖然不得已住了手，但其表情之悲傷、可憐相，我至今還是忘不了。如此這般，經過半年左右，我先生終於戒掉了抽煙。

但他仍然帶著他喜歡的那一個打火機。他一直把打火機擺在西裝櫃子的小隔板上。換穿西裝時，他會偶爾看看它，以過過癮。但我裝沒有看到。

過一陣子，這個打火機不見了。我問他打火機那裡去了？他不回答。可能給了人。

此時我覺得我作了讓他可憐的事。有人說戒煙的人會脾氣不好，會亂發脾氣，但他沒有。不過戒了煙以後的他，更加喜歡吃豆餡餅和烤蕃薯。

首相時代，還沒有搬到公邸以前，還住在世田谷私邸時候的一個晚上，賣烤蕃薯的「休休」聲音走過我們家前面。

我先生遂從後門偷偷溜出去，買了幾根回來。將用報紙包的烤蕃薯小心攤開在房間，並說：「烤蕃薯也蠻貴的」。是不是因為他是首相賣貴一點，或者說不必找了，總之一根一百幾十圓。

有人偷偷告訴我：官邸的首相辦公室抽屜藏有甜餡餅，首相有時候在吃這些甜餡餅。不知道從哪裡買來的，他正在吃餡密豆時，當時的木村俊夫官房副長官突然進去首相辦公室，看到我先生在吃甜餡餅，據說我先生有很不好意思的表情。

因餓肚子國會答辯成問題

有這樣一句話：政治家一定要腸胃好。我先生食量大，大部分東西，他都會吃得一乾二淨。他的肚子是不會壞的。他到外國，也不必準備日本料理給他吃，任何國家的東西他都能吃。據說，出國時有要帶去醃梅子、海苔、乾松魚等的日本人。

我曾不由地對我先生說，你能吃能睡多好，這使他很不愉快。對此他說「妳沒有食欲，跟狗一樣要死的時候……」。有一次眾議院議員選舉時，我代理我先生回去家鄉演講，我說「我先生非常喜歡吃麻糬，一下子可以吃五個」。結果其他政治問題都沒有人提，在家鄉只傳遍據說首相能吃五個麻糬。

我先生身高一百七十四公分，理想體重是七十公斤左右。但稍稍不注意就會接近八十公斤。

我非常用心不讓他肥胖，在家裡要他不要吃得太豐盛，盡量避免動物性蛋白質，主要是以水果、疏菜、海藻類來作料理。一到選舉，一般人都會瘦，但我先生卻會胖五、六公斤。

去演說的地方，人家端出來的，他似乎會全部吃光。

自民黨獲得三百零二席大勝的一九六九年十二月大選之後，他圓圓胖胖地回來了。選舉雖然贏了，但我的心情還是不平靜。

我問他說：「你怎麼搞的？……你是很有理性的人（我挖苦他故意這樣

說），為什麼不能保護自己身體？」我先生裝傻說：「為什麼？因為飯好吃」。簡直是像小孩的說法。

我覺得這樣不行，乃從隔年一月的國會，斷然給他實施節食。早餐是養樂多，不塗奶油的麵包和咖啡；午餐是一碗烏龍或麵。我還特別拜託秘書不能讓我先生吃豆餡餅。

不過開會中的國會，需要很大體力。早上九點出門，晚上常常十一點多才能回家。

我先生從來沒有說過「很累」或「肚子餓」，但在國會的答辯愈來愈一不精采，這看電視就很明白。身邊的人開始擔心：「首相是不是身體不好？」

原因是太沒有吃東西。我先生一直忍耐，他從小就「很會忍耐」。我邊看我先生在電視上無精打采的答辯，邊在心裡自言自語：「為你自己身體，雖然不忍心，但你還是要忍耐下去」。

咬緊牙根解除憤懣？

我們於一九七二年春天，邀請過一九七四年二月，以九十九歲去世的哲學家宇野哲人先生前來首相官邸用過午餐。宇野先生是熊本五高的我先生前輩。據稱宇野先生就健康和長壽的秘訣這樣說過：「您知道鶴的教訓嗎？任何時候鶴都只吃八分飽。據稱，任何時間和在什麼地方解剖鶴的胃都可獲得証明。另外在精神衛生上，要效法莊子之『不將不迎，應而不藏』」。

宇野先生解釋它說：「不將不迎」是過去的事不必也不要去想，「應而不藏」是來者不拒，要善自面對，不要留在心中。宇野先生笑著說：「前者比較容易做得到，後者就不是那麼簡單……」。

宇野先生說，他每天在肚臍周圍寫「の」這個字一百次，作為健康的方法。

當然，對於我先生的健康管理，都請專業的醫師來協助和幫忙。

每星期，請八辻環（內科）、岡田芳男（耳鼻咽喉科）兩位醫學博士來診察一次；有時候也請東京大學的上田英雄（內科）、慈惠醫科大學的上田泰（內科）兩位先生來看。又一年一次，到青山的心臟血液研究所（黑川利雄所長）作全身健康檢查。

牙齒的管理，因身為首相，在國會的答辯和演說，其發音必須清晰，非常重要。為此，我先生的假牙，特別請榎本貞司醫學博士作發聲最好最清晰的假牙，我們非常感謝他。

我先生之所以健康，或許與事事都慢慢來有關係。洗澡、上洗手間……時間都很長，因此首相在任期間也最長。

吃飯也慢慢地。我說「今天早上時間不多，五分鐘把它吃完上班去吧」，他會說「我沒有那麼能幹……」，沒有吃我準備好的早餐就出門了。我覺得簡單吃吃總比餓肚子好……，但他就不是這樣的個性。

目前，我先生的身體並沒有什麼問題，只是在睡覺時候有咬牙齒習慣。首相時代，在國會預算委員會被反對黨議員亂罵，作惡意的質詢時，他一定覺得很委屈和很不高興。

但回家之後的他，完全不在乎，馬耳東風，絕不會遷怒家人。寡言孤獨的他，從不告訴別人自己的想法，因此只有在夢中切齒磨牙……，我願意作這樣的解釋。

他在夢中那麼切齒磨牙，是不是在抗議太太平常不給他吃他喜歡吃的東西怨恨的表白。

背後的功勞者

「您在首相任內所作一切國家政事，我們都不認同。我們只欣賞您一件事……，就是您帶頭穿瀟灑西裝，使日本全國流行結漂亮領帶和穿彩色襯衣這一件事」。

這是一九七二年夏天，我先生辭去首相，參議院議員藤原道子桑（社會黨）等，幾位反對黨婦女議員來我們家致意時候所說的話。

這雖然是挖苦別人的恭維話，但反對黨議員肯定我先生在提升世上男性的美意識（？）有所貢獻，是值得安慰的。

我先生在首相任內的日常穿著，保持健康以至政策，都得到各界許多人士的建言、支持和幫助。

對他有幫助的寬闊領帶

戰後為運輸省官員的我先生踏進政界時，有一位前輩忠告他說：「政治家與官員不同，服裝要穿大眾化一點，領帶要稍稍戴歪，太嚴謹的人是不會受歡迎的」。

我先生接受了他的意見，所以出任首相當初，我先生穿得還蠻樸素的。包括年輕人，全日本的男人，對於色彩不像今天那麼普遍，政治家十年如一日，都穿黑色西裝。

記得在一九六八年左右，和長年的朋友服裝設計師森英惠桑見面時，我很欣賞她先生賢桑所結寬闊領帶的款式。英惠桑建議說「這會流行的，妳可以請妳先生帶帶看」。我馬上付諸行動。我先生赴美時，可能探悉美國高官都在結寬領帶，我帶我買回來的領帶說：

「嗯，這不錯，我勇敢地來結這一條領帶」。他遂結這一條領帶到國會。開始時周遭的人大家笑他，逗他，甚至有人說佐藤首相之所以這樣做是為了挽回聲望……。

我先生開始穿彩色襯衫也是受森桑影響。起初穿純藍色；繼而改穿黃色、粉紅色，甚至紫色、條紋花樣…，愈來愈大膽。發生美日纖維交涉問題的一九七〇、七一年左右，我先生開玩笑說「我在貢獻纖維界」，喜歡穿彩色襯衣。

由於工作關係常常出國的森桑伉儷，每一次回國之後就跟我說明流行的動向。我自己，自我先生出任首相之後，我的服裝完全聽她的，進而全盤改變了我先生的形象。

如所周知，森桑是將日本婦女服裝提高到世界水準的人物。她的設計和主題，將日本和服花樣傳統的花鳥、蝴蝶、雲霄、波浪甚至浮世繪的風景以至美人畫，自然而然地將其融合在一起。由此，歐美女性透過森桑的洋裝，開始「憧憬日本」。我訪問美國時聽到那邊女性稱讚：「Hanae Mori的女性服裝，綜合女性色彩的特色，是不可多得的女裝藝術」，令我覺得非常安慰和驕傲。

即使不同意流行源自巴黎的日本常識，美國大都市的百貨公司，著名的服飾店鋪，大部分都在賣森桑的東西。在倫敦的高級百貨公司開設森英惠專櫃時，有過不尋常的與史諾登伯爵的傳聞。我嘲弄她說：「對方既然是英國的王室，不就更能成為世界的知名女性？」此外也前進到澳洲和德國，將來會不會有更多來自國外的閒言閒語……。

談到和服，我想到為染織權威也有許多著作，在北鎌倉家有古老裱裝資料館的浦野理一桑。他在公私兩方面，幫助我許多。

此外，獲頒勳三等瑞寶章之作家宇野千代桑，（宇野去世時，我寫過她的文章—譯者）是教我們食品健康法的恩人。

我們的同鄉前輩，我先生的姊姊久芳千代子，是我在岩國高等女學校的同學。宇野桑是自然食物的權威，有其獨創的一面。

我先生出任首相不久，我訪問宇野桑家時她表示：「我禱告同縣出身的佐藤桑一直健康。為此目的，夫人要給先生盡量吃自然食物……」。具體來說，要盡量給他吃不變成酸性血液的食品，譬如山菜料理，如何選擇沒有添加物食品的方法，糙米餐的功用等等，她諄諄善誘地教我。

這一種自然餐也合乎我先生的意思，因此我立刻開始這樣做。我先生擔任首相七年八個月，沒有生過病，現在仍然健康，應該與這個飲食生活有關係。

暢銷作家的秘莘

每年三月三日，有森田達瑪桑（達瑪是平假名日音譯，我認識她……譯者）的「菜花會」（追悼會）。這一天要頒發給前一年有創新創意之文學作品的女性「先驅獎」，一九七三年的得獎者是寫作《出神的人》（原文為恍惚之人）的有吉佐和子桑。

平常像男人乾脆俐落，元氣百倍的她，那一天顯得垂頭喪氣，悄然而孤單，我對她說「久違久違，恭喜妳的書大暢銷」。她說「就是因為這樣，……我才這樣憔悴，因為許多人攻擊我，欺侮我……，我著實想殺這些欺侮我的人」。

「明治以來的最暢銷書」，遭受到嫉妒者的惡意攻擊，真是很慘。因為太憔悴好長時間不能入眠。

有吉桑說過這樣意思的話：「妳先生作了七年八個月很長歲月的首相，極其神氣，都沒有生命的危險。妳們是怎麼過的。一定受過許許多多的責難……」。

我安慰她說：「我先生是『最能忍耐的人』，而我是『很容易死心的人』……。總而言之，我們是非常單純的人。不像作家那樣把事情想得那麼複雜。妳對事體太執著了。所以才能寫那麼非凡的小說……」。此時她變成原來的有吉桑的樣子而說「或許……」。但她仍然脫不了委屈的表情。

社會對於政治家的避暑地大致上將其分成箱根組和輕井澤組，戰後歷任首相中，吉田先生、池田桑屬於前者；鳩山桑、我們以及田中桑屬於後者。

在輕井澤，鹿島建設之守之助．卯女伉儷在我先生任中替我們辦過「鹿島之森派對」。我們每年夏天，一定去廣大的鹿島別邸，過了很舒服的時光。

在這個派對自不在話下，我們得到許多啟示，要表示敬意的是，鹿島桑伉儷之超越企業家的工作範圍之廣。卯女夫人對於文藝復興之多年研究，因而得過意大利政府的勳章。守之助會長主持鹿島和平研究所，每年獲頒國際和平獎。

鹿島會長親自著述，鹿島出版會發行的大著《日本外交史》總共三十四卷，我先生說「這對於瞭解日本外交之演變很有幫助」。

我先生在輕井澤的另外一個樂趣是，由已故佐佐木茂索桑（文藝春秋社長）所主導文藝春秋與每日新聞共同主辦的文壇高爾夫。

以已故吉川英治、故吉屋信子、丹羽文雄、石川達三、石坂洋次郎、井上靖、柴田鍊三郎桑等作家為首，財界的白洲次郎、大屋晋三、中山素平、藤井丙午桑等，學者、評論家，媒體人有松本重治、蠟山政道、池島信平文藝春秋前社長（已故）、本田親男前每日新聞社長等人。政界只有我先生（現在加上田中首相）。

我先生打得並不怎麼樣，所以給一起打的人添加不少麻煩，但我先生每一次都高高興興地去參加。高爾夫球比賽每年舉行於九月上旬，就我先生而言，這也是「輕井澤夏天」的再見。

因此這件事告一個段落之後，我便督促幫傭趕緊準備關閉夏天之家。

幫助演說草稿的老漢學家

在幫助我先生的學者、評論家之中，我先生最早承蒙其指導的是漢學家、全國師友會會長的安岡正篤先生。

我叔叔池上作三（醫師）和安岡先生是老朋友，由於這種原因，我先生和安岡先生的關係加深。

撰擬施政方針演說和時局演講稿時，有關其表達、遣詞用字，我先生常派楠田秘書官去請教安岡先生。

安岡先生算是例外，我先生在政策層面，盡量避免特定的專家，主要請教「二木會」和「早餐會」成員的意見。

所謂「二木會」是，每個月的第二個星期四聚會，討論經濟問題的一群。其成員為土屋清（總合政策研究會理事長）、稻葉秀三（經濟評論家）、円城寺次郎（日本經濟新聞社長）、青葉翰於（日本經濟調查協議會專務理事）、木內信胤（世界經濟調查會理事長）、大來佐武郎（日本經濟研究中心會長）等人。

另外，為多聽聽一般政治、社會問題的意見，分成男女兩個「早餐會」。男性早餐會在目黑的迎賓館；女性在赤坂王子飯店舉行。

男性是內田忠夫（東京大學教授）、館龍一郎（同前）、林周二（同前）、高坂正堯（京都大學教授）、遠藤周作（作家）、佐佐木直（日本銀行總裁）、澄田智（前大藏次官）、原純夫（東京銀行會長）、竹山道雄（德國文學家）、西村熊雄（前駐法國大使）等等。

據稱，大家的意見，知無不言，言無不盡，對我先生的行事作風，有好多批評和責備。

使我先生慌慌張張的女性們

另一方面，女性的「早餐會」目的是要請她們從女性角度對行政表示其希望和要求。

成員有秋山千惠子（評論家，千惠是平假名日音譯……譯者）、犬養道子（評論家）、戶塚文子（旅遊作家）、中根千枝（東京大學教授）、波多野勤子（兒童心理學家）、田邊繁子（專修大學教授）、江上富吉（NHK教育局顧問，富吉是平假名日音譯……譯者）和相馬雪香（前中學教育審議會委員）等人。戶塚桑只參加幾次；犬養道子桑中途換成犬養智子桑（評論家）。

因為是浩浩蕩蕩的陣容，我先生似被批評得很厲害的樣子。不過出席女性早餐會的時候，我先生都結好領帶，高高興興地出了門。

這一種聚會，我完全沒有參與，因此有好幾位我不認識，但也有幾個人跟我成為好朋友。

譬如「早餐會」的遠藤周作桑和高坂正堯桑伉儷，與「早餐會」沒有直接關係的評論家草柳大藏桑，東京工業大學教授的江藤淳（著名的文學評論家……譯者）伉儷，評論家（立教大學教授）的村松剛・英子（女明星）兄妹，以及作家、眾議員的石原慎太郎伉儷等等便是。

「好可惡」：要辭職沒有告訴我

辭職前夜以樸克牌算命

「喂，替我選選領帶」，我先生說。

一九七二年六月十七日，星期六。早上準備出門時我先生這樣吩咐說。我選了透紅而漂亮的和淡茶色比較樸素的兩條給他，他拿走了紅的。

這一天我先生選擇紅的，實具有重大意義，但我完全沒有感覺。這一天，和我先生二十多年朋友的洋畫畫家土橋醇桑在銀座洋畫商大廳要舉行個人畫展的開幕儀式，我們夫妻接到其請帖。

我先生以今日有自民黨眾參兩院議員大會，非常忙碌的樣子。於是我早上對他說：「今天有土橋桑的個人畫展，你大概無法分身，我一個人去好不好？」他說：「好吧，替我問候土橋君」。

送結著紅領帶的我先生出門，我到達畫廊可能是上午十點左右。我看到用「佐藤榮作」名義送的花已經來了，這令我鬆了一口氣。我告訴土橋桑我先生不能來的理由，正在看畫，快到十一點鐘時候，在公邸的河村昭秘書官來電話緊張兮兮地說「請趕快回來，總理要在電視發表談話」。

至此，我才明白我先生選擇紅色漂亮領帶的理由……。我趕回公邸之後，聽到秘書們在私語「好像要發表辭職聲明」。報紙報導說：「辭職聲明可能是二十二日左右」，因此我萬萬沒有想到他今天會發表。

現在我才想起來昨天晚上，楠田首席秘書官曾經到我們臥房三、四次。我先生一個人在玩樸克牌，他們兩個人小聲似在商量什麼事的樣子。我在心裡想：「今天晚上楠田桑為什麼這樣煩」。我在床上躺著看小型電視。在狹小的公邸生活，我先生的辦公桌子和床都放在這個房間，因此秘書官之常來我們臥房並不稀奇。

應該淡然談談自己最後心境……

在想東想西的時候，電視開始廣播了。畫面上的官邸會客室氣氛有些緊張。我覺得「果然如此……」的瞬間，我先生怒說：「請（新聞記者）出去」，這更使我嚇一跳。我先生有不高興時會用手拍桌子的壞習慣。畫面就是這樣的場面。

為什麼會這樣？為何變成這個樣子？至今還是搞不懂。後來據說在電視廣播之前，官房長官等身邊的人和媒體之間，對於程序方面有過不同意見所致。

據說，我先生的本意是，不要在平常的會見室，而希望從首相辦公室透過電視直接向國民說話。在外國，總統、首相藉由電視直接廣播是常有的事情。我先生很可能想藉此機會談談自己的最後心境吧。

據稱因首相辦公室要把轉播用機器設備搬進去有困難，最後決定由官邸別棟記者俱樂部會見室轉播。於是我先生身邊的人說新聞記者不要進來，此時記者們便陸續進來了，馬上要開始轉播……，結果變成那個樣子。

對於廣播之後回到公邸的我先生，我說：「你終於做了……」他說：「是，……就是這樣子吧」。下去照預定和我去鎌倉的別邸休息，隔天打高爾夫球去了。

不過幹了七年八個月這樣重責大任工作，要辭職，竟沒有告訴身為太太的我，甚至連一個暗示也沒有，真是……了然。

我先生是連這麼重要的事也不告訴我的一個人。相反地，即使是要去看畫展這樣的小事我也會告訴他。他至少應該說「今天妳人在那裡弄清楚就行……」。

被稱呼「歐吉桑」嚇一跳

關於我先生在首相任內的工作，應該由將來的史學家去評斷。外交、經濟政策等暫且不談，我覺得有幾件事獲得大家肯定。這些或許不能說是我先生的功勞，但至少我建議我先生完成的有兩三件。

一個是第二國立劇場的建設。一九六九年左右，劇團「四季」之代表淺利慶太桑（前中央教育審議會委員）請我設法使其能與首相見面。

因劇團「四季」之演員水島弘桑父親（已故）是我先生在鐵路局時代的前輩，因此我是這個劇團創立以來的觀眾。而且與淺利桑也非常要好，遂告訴了我先生這一件事。

淺利桑不愧為導演，說服了我先生。他說：「現在的國立劇場以歌舞伎為中心，歌劇、巴蕾舞、新劇、管弦樂團等根本沒有插手的餘地。因此必須有第二國立劇場。為著發展和提升舞台藝術，請首相能盡力，在日本藝術史上留下大名」。

淺利桑訪問我先生幾次，我先生對我說：「他，長得很不錯，做演員不是很好，為什麼要做導演？」我先生開始說這一種玩笑的話，表示事情搞定了，新劇場自一九七一年度列入預算。

當然，這不是說完全因為淺利桑的努力和我先生的決心才實現了新劇場的預算化，而是由於許多人的協助才成功的。「新日本管弦樂團」之小澤征爾桑也曾經拜託過我先生。

「新日本管弦樂團」於一九七二年初，分裂成為組合派和小澤桑之新日本管弦樂團時，石原慎太郎桑帶來小澤桑訪問我先生商量過重建管弦樂團事宜。

我先生辭去首相之後，小澤桑和山本直純桑曾經來過我們家好多次，請我先生盡力。

小澤桑來我們家時，還是以嬉痞模樣來。尤其是來公邸時，秘書和警衛還來問說：「夫人，這個人要不要讓他進來？」我說「沒關係，他不是壞人……」。就我們家而言，他是「樣子」比較特別的「稀客」。我還特地叮嚀我先生說，見到他不要大驚小怪。

小澤桑和我先生交談時還說「歐吉桑，我們完全靠您」。起初我先生覺得很奇怪，因為我先生就任首相之後，除親屬以外，沒有人喊他「歐吉桑」。

最後我先生把小澤桑介紹給植村甲午郎經團連會長。因為植村桑的建議，小澤桑等人成為能夠得「日本交響樂團振興財團」之補助經費的一個團體。

扮演傳達公意之角色的太太

另外一件事是保存飛鳥遺跡。對於這個遺跡之發掘調查和保存，當地的有關人士和專家學者，一直在作這樣的運動。

起初是一般團體，一九六八年三月，成立於當地的明日香村，叫做「維護飛鳥古京之會」（名譽會長佐藤榮作，會長故脇本熊次郎氏），隔（一九六九）年我成為特別會員。

我在「婦女研習會」聽過萬葉學者犬養孝先生的課。

記得是一九七〇年二月左右，現任自民黨幹事長橋本登美三郎桑（當時為運輸大臣）之美也夫人來訪首相公邸，告訴我說：

「據說飛鳥是（日本）古代史上非常重要的遺跡。如果政府不早日設法保存必將出問題。請能夠轉告妳先生」。

橋本桑有一位住在茨城縣潮來町，叫做橋本米桑的姪女。她多年來喜愛萬葉集，去過奈良好幾次，也聽過犬養先生的說話，因而據稱曾經給其叔叔橋本大臣建議保護飛鳥古蹟的事。

於是橋本桑便組織「維護飛鳥古京議員連盟」，熱心喚起輿論。我遂轉告我先生這一件事。因我先生稍前已經得到關西財界之松下幸之助的陳情，知道此事。

該年六月，我和我先生、橋本大臣等幾位閣員及其夫人，去過奈良，登上甘橿小山。當地之開發聲浪，遍及明日香村，以至所謂大和三山之香具山、耳成山、畝傍山等山麓，如果這樣下去，這些歷史名勝古蹟，必將消聲匿跡。實在太可怕了。這一年十二月，我先生在內閣會議決定保存飛鳥古蹟一案，成立保存飛鳥財團（松下幸之助氏出任理事長），屬於總理府管轄。

第三項是群馬縣高崎市之身體殘障者、身體殘障兒的「國立療養願望園」（菅修理事長）之建設。這是以評論家秋山千惠子桑、森繁久彌桑、伴淳三郎桑等為中心所推動「腳步箱」運動發展而來的。

這是為著不幸而身體不自由者之「從搖籃到墳墓」，沒有親人而還能放心過日子的療養設備。

其中最熱心的是秋山桑。一九六五年左右，她把在西德威列費爾著名的柏特療養設備，荷蘭、美國等國家的身體殘障者設備的紀錄片帶到我們在鎌倉的別邸放給我們看。

前幾天，秋山桑帶我去參觀，創立以來之小林提樹園長離開成為話題的島田療育園，當時之愛知（揆一）文部大臣夫人，和神田（博）厚生大臣夫人也一道去參觀。因我親戚也有身體殘障者，所以我一路上哭泣不停，使我受不了。

一九六六年，福田（赳夫）大藏大臣時列入預算，得到大約兩百三十萬平方公尺土地，一九七〇年，完成了以能夠收容一千五百名病患為目標的國立療育園，其預算為大約三十億日圓。

我先生極生氣所謂「隱退花道論」

一九七二年五月十五日，在日本武道館舉行琉球復歸記念典禮時，我先生也帶我去參加。兩位陛下亦蒞臨，我先生等人坐在台上，我坐在正面稍微離開台上位置，目睹議程之進行，感慨萬千，不禁流下眼淚。

典禮最後，由我先生主導，喊三聲「日本國萬歲」。典禮程序本來到此告一段落。可是我先生突然又喊「天皇陛下萬歲」。可能因為在陛下面前起了這種心情所致。會後，有幾個人來電話說：「為什麼不喊美國萬歲？」

在當天的晚宴，我先生遂對美國阿格紐副總統表示歉意。我先生辭去首相之後曾經這樣說過：「我作錯了一件事，就是舉行歸還琉球典禮之後，我應該以現任首相身分隔天就去美國謝謝他們」。惟因為種種原因，迨至隔年一月，配合尼克森總統之就任典禮才去美國，我先生後來覺得這樣慢了一步。

對於我先生的引退，有人批評說：「退的不乾脆，想幹到什麼時候……」。也有人批評稱：「這個人太沒有出息，幹了七年八個月首相，還不乾乾淨淨退下來」。

說實在話，我歸心如箭……，非常希望早日離開公邸回到自己的家。我極盼望早一點脫離隨時有遭受攻擊的生活。

前一陣子兒子們來時，我在聊天中，還談到他們爸爸引退之不夠乾脆。一個人在玩樸克牌的我先生聽到我這樣說時，遂突然怒說「你們在說什麼！」他說：「一個國家的宰相，要辭職，不到那瞬間不能說出口。這樣一說國家便會發生動搖。也會影響外國。有利或者不利，不能有這樣的心態」。

換句話說，總理大臣的去就，不是我們家庭主婦所想像那麼簡單的。那時候，國鐵、健保、防二法案等重要法案在國會都還沒有獲得解決。所以我想他正在努力於其解決。

據說我先生曾經對別人這樣說過：「我在那個法案通過了時決心辭職。重要案件無法以自己力量處理時應該辭職，政治家自當如此」。

佐藤榮作所走之「六方」（歌舞伎台步），好像既未成為？？，亦未獲得觀眾之鼓勵掌聲便落幕了……。但我覺得這就是我先生的作風。

我先生所投的牽制球

在「週刊朝日」連載這個「秘錄」時，有一天，我發現在臥房電視上面用文鎮壓住的一張紙條。按電視時我一定會看到它。我以為我先生有什麼特別吩咐，一看是「良寛戒語」（良寛為江戶時代著名的禪僧）二十條。可能是影給印別人寫的。

我先生在其上面圈了幾個圈圈。大概是「合乎妳的重要項目」的意思。現在錄下其中幾項：

一，話多

二，嘴快

三，多嘴

四，教人家不是很懂的事

五，話少講為妙

記得有過「打老婆事件」，要自省……，這是默默不言之榮作的一拳，威力蠻大的。

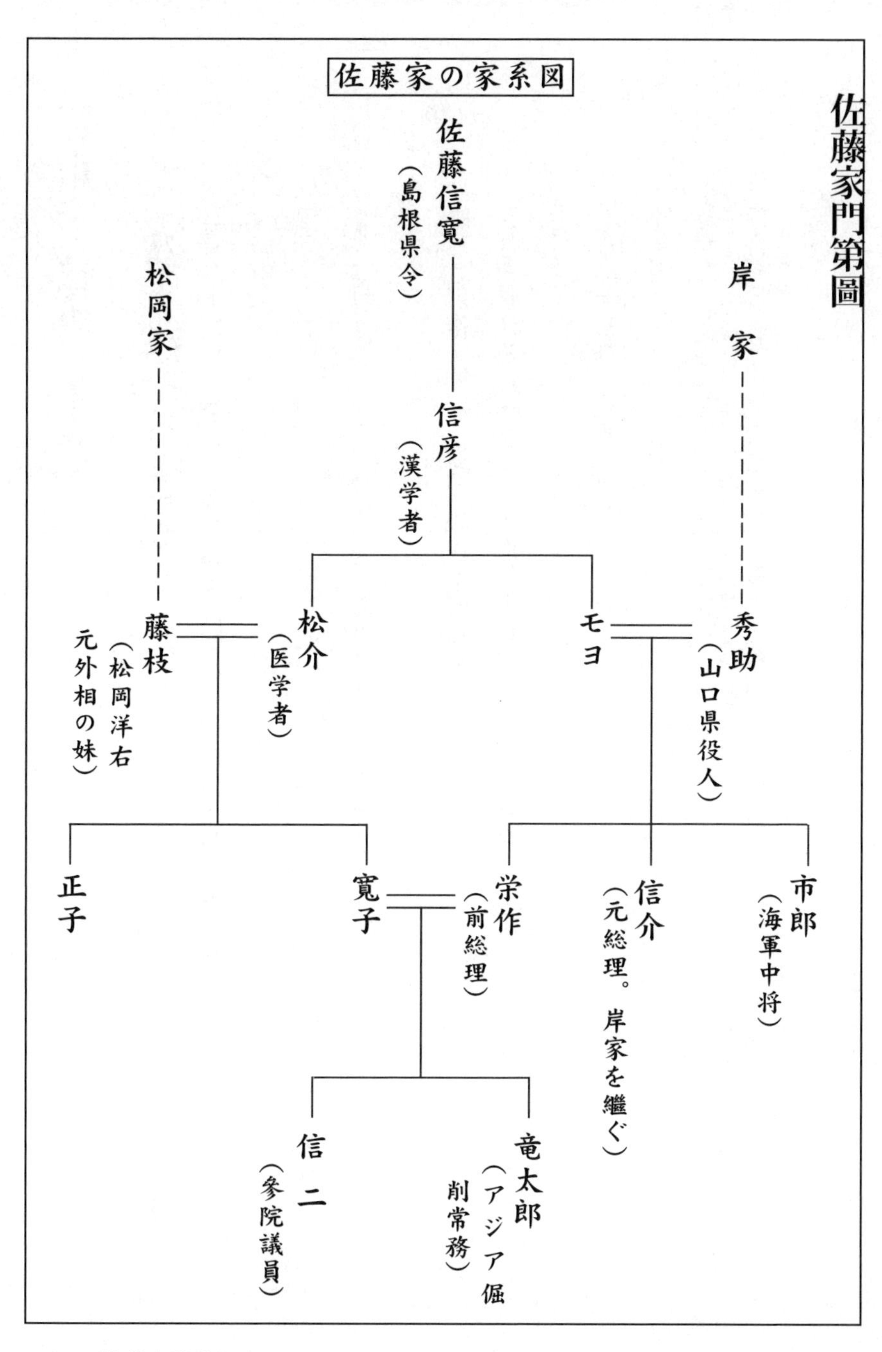

佐藤家門第圖
佐藤家の家系図
佐藤信寛（島根県令）
岸家
松岡家
信彦（漢学者）
藤枝（松岡洋右元外相の妹）
松介（医学者）
モヨ
秀助（山口県役人）
正子
寛子
栄作（前総理）
信介（元総理。岸家を継ぐ）
市郎（海軍中将）
信二（参院議員）
竜太郎（アジア倔削常務）

「宰相夫人秘錄」年表

明治三十四（一九〇一，以下用西曆）年

三月二十三日，榮作，出生於山口縣熊毛郡田布施村（現今之田布施市）。

一九〇七年

一月五日，寬子，出生於田布施村佐藤家（本家）長女。

一九二四年

四月，榮作，東京帝國大學法學部畢業。

五月，服務於鐵路局，不久出任書記服勤於門司車站。

一九二六年

二月二十三日，寬子，與榮作結婚。

十一月，榮作出任二日市車站站長。

一九二八年

四月一日，長子龍太郎出生。當時榮作服務於門司鐵路局。

一九三一年

四月，榮作，出任烏栖運輸事務所所長。

九月，發生九一八事變。

一九三二年

二月八日，次子，信二出生。

發生五・一五事件，首相犬養毅被暗殺。

十月，寬子舅舅松岡洋右，以日本首席代表身分出席國際聯盟，發表脫離國際聯盟演說。

一九三三年

八月，榮作出任門司鐵路局庶務股長。

一九三四年

六月，榮作以在外研究員身分彼派往美國和英國，地方服務暫時告一段落。

一九三六年

七月，榮作，回國服務於鐵道省。（爾後於一九三八年晉升監督局鐵道課長）

一九四〇年

六月，榮作，升任監督局總務課長。
九月，松岡洋右，以近衛內閣外相扮演簽訂日德意三國軍事同盟的中心人物角色。

一九四一年
十二月八日，太平洋戰爭開戰。
十二月二十二日，榮作，就任鐵道省監督局長。

一九四二年
六月，中途島海戰。
十一月，榮作，就任鐵道省監理局長。設立大東亞省。

一九四三年
十一月，榮作，出任運輸省自動車（汽車）局長。

一九四四年
四月，榮作，調任大阪鐵道局長。
七月，東條英機內閣下台，成立小磯國昭內閣。
十一月，B29，首次轟炸東京。

一九四五年

四月，成立鈴木貫太郎內閣。
八月，廣島（六日）、長崎（九日）被投擲原子彈。日本投降。
九月，榮作胞兄岸信介，以戰犯嫌疑被逮捕。

一九四六年

二月，榮作，出任運輸省鐵道總局長官。
五月二十二日，成立第一次吉田內閣。
六月二十七日，松岡洋右，去世。

一九四七年

一月三十一日，麥克阿瑟元帥，命令停止二・一大罷工。
吉田內閣改組。
二月一日，榮作，出任運輸次官。
五月二十四日，成立片山哲內閣。

一九四八年

三月十日，成立蘆田均內閣。
三月二十日，榮作，依願辭去運輸次官。隔月，出任民主自由黨山口縣連合會會長（縣黨部主委）。

十月十七日，榮作，出任第二次吉田內閣官房長官。

一九四九年

一月二十三日，榮作，首次當選眾議員。

一九五〇年

四月十三日，榮作，出任自由黨幹事長。

六月二十五日，爆發韓戰。

一九五一年

七月四日，榮作，出任郵政兼電氣通信大臣。

九月八日，簽訂舊金山和約和美日安保條約。

一九五二年

八月二十八日，突然解散眾議院。

一九五三年

一月三十日，榮作，再次出任自由黨幹事長。

一九五四年

四月二十一日，因造船貪汙事件，犬養健法務大臣對於逮捕佐藤榮作幹事長動用指揮權。在這前後發生長子龍太郎之戀愛事件。

七月三十日，榮作，由幹事長轉任黨總務。

十二月七日，吉田內閣辭職，十日，成立鳩山一郎內閣。

一九五五年

十一月二十五日，保守黨合併成立自由民主黨。榮作拒絕參加。

一九五六年

十二月二十三日，成立石橋湛山內閣。

一九五七年

二月一日，榮作，加入自民黨。

二月二十五日，成立岸信介內閣。

七月二十日，長子龍太郎和增尾敏子舉行婚禮。

一九五八年

六月十二日，榮作，出任第二次岸內閣大藏大臣（財政部長）。

十二月三日，次子信二，與東京瓦斯會長（董事長，當時為副社長）安西浩長女和子結婚。

一九五九年

四月十日，皇太子婚禮。

一九六〇年

一月十九日，簽訂新美日安保條約。

五月，發生反對美日安保條約運動。

七月十九日。成立池田勇人內閣。

一九六一年

七月十八日，榮作，出任通商產業大臣。

一九六二年

九月至十一月，寬子陪同榮作首次旅行歐美各國。

十月，發生美國封鎖古巴事件。

一九六三年

七月十八日，榮作，出任第二次池田內閣北海道開發廳長官兼科學技術廳長官、原子力委員長、奧運大臣。

一九六四年

十月十日，東京奧運揭幕。

十月二十五日，池田首相，因病決定辭職。

十一月九日，成立佐藤內閣。

一九六五年

一月，佐藤、詹森共同聲明，宣稱要堅持美日安保體制。

八月十三日，池田勇人去世。

八月十九日，榮作，以戰後第一位首相訪問琉球。

十二月四日，成立日韓基本條約。

一九六六年

十二月二十七日，因眾議院發生醜聞，乃予以解散。

一九六七年

四月十五日，美濃部亮達吉當選東京都知事。

九月～十月，佐藤首相，訪問東南亞。

十月二十日，吉田茂去世。

十一月，佐藤首相訪美。美國同意歸還小笠諸島。美國約定「兩三年之內歸還琉球」。

一九六八年

十二月，川端康成，獲頒諾貝爾文學獎。

一九六九年

一月，寬子，在該月三日發行之「週刊朝日」與遠藤周作對談，其對談發展為「打太太事件」。

一月二十日，尼克森總統上任。

佐藤、尼克森會談，發表共同聲明稱：琉球將於七二年，與本土一樣沒有核子武器歸還日本等等。

一九七〇年

三月十九日，舉行萬國博覽會。

八月十二日，西條八十去世。

十月二十一日，佐藤首相，在聯合國創立二十五周年儀式上發表演說。

十一月月二十五日，三島由紀夫，切腹自殺。

一九七一年

四月，在東京都知事選舉，川端康成為秦野章站台。

六月十七日，簽署歸還琉球協定。

七月十五日，尼克森總統發表將訪問中國大陸。

八月十五日，美國發表防衛美元政策。
十月十九日，在公邸發生刺殺佐藤首相未遂事件。

一九七二年

一月，在桑克列孟特舉行佐藤、尼克森會談。決定五月十五日，要把琉球交還日本。
四月十六日，川端康成自殺。
六月十七日，佐藤首相，聲明要辭職。
七月七日，成立田中角榮內閣。

後記

本書是將自一九七三年十一月開始，在朝日週刊連載二十五期的拙文輯成的。

起初，我以為登過七、八期就差不多了，可是該刊物的酒井昭治總編輯和川口信行編輯，以其非常精采，希望我能夠繼續寫下去。我覺得很光榮，結果寫了半載。

在這期間，有許多不認識的人來信和來電話，我很是高興，但對於一些人加添了麻煩，實在很過意不去。

現在要我把這些拙文輯起來出一本專書。遂與我先生商量，得其同意，乃參考人們的忠告和建議，稍加修正。

其結果加了兩百二十頁的萬國博覽會的國賓部分，但卻割愛了第二十二回的佐藤派故事，更省去了專門採訪佐藤記者們的種種。

最後，我要對於出版這一本書盡心盡力的朝日週刊的堀口明男記者、朝日新聞東京本社出版局之岡見璋圖書編輯室長以及編輯室的飯田行夫桑表示由衷的謝意。非常感謝。

一九七四年八月八日

佐藤寛子

・附錄・

·與遠方之友的「緣」

馬吳為琳

佐藤寬子夫人和我是長達十二年的親友，一個不說中國話的日本人，和一個完全不懂得日語的中國人的交往，乍看之下是有一點奇妙，而這就是我們中國人的所謂「緣」。

一九七二年，中日兩國斷交之後，我先生馬樹禮出任駐日代表，從此以後我們開始了交往。到任東京之後，首先邀請到拙宅晚餐的，記得就是已故佐藤首相伉儷。

我對於初逢的寬子夫人的第一個印象是，品格高尚，稍稍嚴肅卻充滿溫暖，她的一言一句，都令人感覺非常親切。

在那一天晚餐中，寬子夫人稱讚了所有的料理，尤其喜歡魚翅和剝皮的黃瓜醬菜，拼命問其作法，於是我仔細地對她說明。寬子夫人就是這樣細心的人。

佐藤先生去世之後，寬子夫人有時候帶著媳婦和孫女來我們家用餐，因此我們的關係日益親密。她喜歡說自己的笑話，譬如說愛穿迷你裙的首相夫人的笑話便是。

那是偶然的事情，赴美之前，問在美國的朋友，聽說美國正在流行迷你裙，乃趕緊作了兩件迷你裙的套裝。出發時，在登機舷梯向後轉揮手時，地上的攝影記者把它拍了。因裙子比從前的裙子短了三、四英吋，故首相夫人之迷你裙成為全國的話題。聽完她話的人，大家哄堂大笑。

一九八二年，寬子夫人遵照其先生遺志，將友人送給他們的中國古董唐三彩偶人（高大約三尺）捐贈故宮博物院。她淡淡地說「這是妳們的古老寶貝，應該歸還妳們，這一樣來我心安理得了。

在任十二年之後，我先生奉命回國，因沒有一一去辭行的工夫，故決定舉行告辭派對。派對舉行於東京王子大飯店，日本各界人士和華僑熱鬧非常之際，寬子夫人突然現身，拉著我的手，往正門邊走邊以英語對我說。

她的英語文法很正確（因佐藤夫人是以英語教學出名的青山女學院英文專攻科的畢業生…譯者），故我都聽得懂。她說：「今天我非常忙碌，人又那麼多，無法交談，很是抱歉。但我會到台北去看妳。我們是十二的老朋友，希望長遠交往下去…」。我說：「謝謝妳百忙中趕來。妳一定要來台北。我來當導遊」。

我們回來台北之後，寬子夫人來過台北幾次。每一次她都說好多笑話，令我難忘。

為中日兩國友好貢獻到底

許水德

已故佐藤榮作前首相之夫人寬子女士仙世已經五年多。現在我要以懷念夫人在世時為促進中日兩國國民友誼之盛情隆意的心情來懷念她，並祈禱夫人之冥福。

「為保持中日兩國國民友好之紐帶，公開的官方往來固然重要，但更重要的是，兩國國民在任何層面互相信任和幫助才是創造共同利益和福祉的前提」。這是寬子夫人於一九七二年秋天，中日兩國不幸不得已斷交之後，一九七八年、八二年、八四年、八六年，前後四次訪問中華民国時所說的話。這絕不是她的口頭禪，而是夫人率先以身作則的証言。

譬如說，一九八二年三月，夫人訪問台北時，她將佐藤家所珍藏的中國國寶唐三彩四天王增長天像捐給台北的故宮博物院。這一尊唐三彩展出時博得幾萬人好評，它遂成為中日親善和文化交流之象徵，得到人們的讚美。時至今日，每每看到這一尊像時，令我們懷念寬子夫人之智慧和胸襟之非凡。

晚年的寬子夫人，於一九八六年三月七日，和岸信介前首相，率領日本選手參加在台北舉行的第三屆中日女子高爾夫球賽。當時，夫人似乎已經不是那麼健康，但開球當天，她還是那麼笑咪咪地打出去球，令各位選手和觀眾喝采而難忘。

總而言之，寬子夫人終生為增進中日兩國友好關係所作之貢獻，實在令人肅然起敬。中華民國政府為報答其非凡貢獻，特於一九八二年三月，頒贈夫人特種大綬景星勳章。我們將永遠銘感寬子夫人對促進中日兩國友誼之功勞。

佐藤榮作前首相伉儷逝世之後，二公子眾議院議員信二先生繼承雙親之遺志，在日本政界為國家盡力，特別是為自民黨日華關係議員懇談會領導人，為加強中日之友好關係在全力以赴。

論語說，子曰：「父在親去志，父歿觀其行，三年無改父之道，可謂孝矣」。對於信二先生之孝順，榮作．寬子伉儷在天之靈，一定非常滿意。

恭禱寬子夫人安息。合掌。

我家寶的鐵牛

小淵惠三

如果有人問：「你們的家寶是什麼？」我一定回答說「鐵牛」。我家客廳正中央擺設著大約五、六十公分長的鐵牛。這一隻「鐵牛」是佐藤榮作前首相之遺物，是佐藤先生去世以後不久，寬子夫人專程送到我家而來的。

巧的是，佐藤先生生前曾經寫「鐵牛」兩個字給我，所以鐵牛這兩個字和「鐵牛」便是我家的家寶。

當時，寬子夫人除送來「鐵牛」之外，還留下這樣的字條。它寫著：「當時受到你許多幫忙，非常感謝。這對你或許是一種累贅，不過這是我先生所喜歡放在鎌倉別墅的。據說你是我先生數牛的一半歲數，我和孩子們商量結果，希望你能把它擺在故鄉家裡……。佐藤榮作內」。

寬子夫人之說「二分之一的數牛歲數」的意思是，當時，佐藤先生是明治三十四（一九〇一）年的牛年出生；我是昭和十二（一九三七）年之牛年出生，我剛剛是佐藤先生的一半歲數。

如果竹下登前首相是佐藤先生的直接門徒，我應該算是佐藤先生的孫子徒弟，不過寬子夫人親自把「鐵牛」送到我家裡來，似可以解釋為我也算是被認定繼承「佐藤政治」的一個政治家。因此我對於寬子夫人的這番心意，實在感謝不盡。

現在我想奉告寬子夫人之為一般人所不知道的「善舉」。群馬縣多野郡上野村，是位於長野縣境的一個山落村莊，這裡有上野東小學分校。由於它蓋在四周都是山的有如研缽底下的土地，因而被叫做「研缽學校」。

有一次，寬子夫人看到這個「研缽學校」的作文集「文集基哥」（基哥為平假名日語音譯，為蒟蒻的種子），從此以後佐藤先生伉儷和孩子們開始交流，長達三十年以上。孩子們每年寄他們所種農作物給佐藤先生伉儷，佐藤夫人在財政上支援學校。

我回憶寬子夫人時，一定想起她這樣的心腸，並認為她是一位非凡的「政治家」。因為她具有認識時代的眼光，以及冷靜的判斷力。公子信二先生之加入田中派就是它的好例子，我陪信二先生去選區助選時，目睹他能抓住選民之心肝，她的確是政治家的楷模。

現在，我只有由衷禱告賢伉儷之冥福，同時我一定要像「鐵牛」腳踏實地地發揚光大「佐藤政治」的遺產。

・完全不嫌「老」

小淵千鶴子

我們結婚於昭和四十二（一九六七）年四月十二日。隔天我們拜訪杜鵑花盛開的代澤佐藤公館，我首次見到寬子夫人。從此以後以至去世的二十年，她指導我許多。

我首次拜訪佐藤公館時，佐藤先生是現任內閣總理大臣，他很威嚴，我不敢和他說話。可能看出此種情況，寬子夫人遂對我開口。

我記得，當時她這樣說：「政治家的家庭，有烤完魚非馬上參加派對不可的時候。這種時候洗洗日式襪子，或用茶葉薰手就不會有味道」。

就與政治毫無關係的我而言，這是非常有用的話。著實寬子夫人以簡單明瞭的話語對我傳授了公私難分的「政治家妻子的知識」。

以後有幾次在一起的機會。每一次，寬子夫人都說一些充滿機智和幽默的話，令人難忘。

此外，寬子夫人給我的印象是她的「勃勃朝氣」。佐藤先生獲頒諾貝爾和平獎，要去參加頒獎典禮時，我們曾去羽田機場歡送。當時，記得佐藤先生穿著粉紅色襯衫，寬子夫人是迷你裙。佐藤伉儷穿著之摩登，令人嘆為觀止。

晚年與服裝設計師森英惠桑一起用餐時也是如此。寬子夫人問：「今年的流行顏色是什麼？」森桑回答說：「黑色與白色」，那一年她便常常穿著黑色和白色的洋裝。寬子夫人跟「老」這個字沒有緣分，可能由於此種心態所使然。

與此同時，寬子夫人作為政治家妻子和人家母親角色也非常成功，我認定她是「政治家夫人之楷模」，為標準的「第一夫人」。

一九八七年四月去世時候，她的面容還是那麼美麗，毫無疲老的感覺。蓋在遺體上的藤紫色和服之亮麗，與寬子夫人融為一體，令我感覺悲痛又漂亮。

現在我有時候還會去現今為竹下（登）前首相居住的佐藤公館，都會想起每一次身體畢挺，在那兒埋力作家事的寬子夫人背影。諺語說「往者日愈生疏」，但我對寬子夫人的回憶日益愈新。現在，我要由衷禱告佐藤前首相伉儷在天之靈冥福。

・送老友一程——懷念日本前首相小淵惠三

陳鵬仁

六月六日，為了參加「故小淵惠三」內閣，自由民主黨聯合公祭，我搭乘亞航班機前往東京。六月七日上午十點半，我帶著乾隆時代的華麗花瓶，往訪日本前首相小淵惠三夫人千鶴子女士，其位於東京王子的公館。

與小淵夫人寒暄之後，我把帶去的花瓶包裝打開，與夫人將其擺在小淵靈前，與平成天皇、皇后所送的花並排，向小淵遺像燒香，跪在榻榻米上向其行三鞠躬禮，並照了好幾張橡片。爾後在客廳與小淵夫人前後談了三個小時。

小淵夫人送我小淵平常最喜歡戴的領帶一條，小淵每天上班、外出時戴的同樣袖扣和領帶夾，這是向東京著名的天賞堂特別訂做的，上面刻有總理府銀質徽章，領帶夾背後刻有Prime minister K.Obuchi字樣，和小淵生前最喜歡的一張照片，作為永久的紀念。

在這三個小時中，我們談了許多往事。她說她認識小淵比我慢三年。她認識他三十八年，我認識小淵四十一年。她還說一九六三年一月，小淵首次環遊世界，我們都到羽田機場送小淵，那時我所穿的綠色大衣，給她很深刻的印象。

在臺灣時，小淵寫信給我，希望我說服千鶴子跟他結婚。為此，在東京銀座的咖啡廳，那是下大雨的時候，我與千鶴子談了兩個多小時。我問她為什麼不願意與小淵結婚。她回答說，小淵父親競選國會議員，違反選罷法時，他母親常被警察帶去。她不希望扮演這樣的角色。

我向她保證，小淵將來競選，不會像他父親競選六次，落選四次，她不會被警察帶走。以小淵的條件，競選起來不會像他父親那麼辛苦。對於以上我所說的話，她說她已經忘記了。

小淵夫人說，過一段時間，她很想再到臺灣來，看看馬樹禮、李煥、宋時選諸位先生。因為她第一次出國就是到臺灣，所以印象特別深刻。她同時跟我說，她現今所住的房子已經有一百零五年的歷史，地震時非常可怕。她表示，兒女們要維護這樣大的房子和院子，在經濟上恐怕也很困難，因此很想把它處理掉。

她又告訴我，她母親已經九十六歲，故不敢對其母親說小淵已病逝，但又要其母親投次女優子的選票。她母親一再問說小淵為什麼不競選，而由其女兒競選。不知她告訴了母親小淵已經去世了沒有？

六月八日下午二時，假東京日本武道館舉行了小淵的公祭。公祭開始時，先鳴放十九響禮砲。會場布置得很得體而嚴肅。我坐在日本國會議員席位後面，與住友商事株式會社社長宮原賢次坐在一起。我這次參加小淵葬禮，是小淵家透過葬儀委員會森喜郎首相邀請的。

美國總統柯林頓、大韓民國總統金中大、印尼總統瓦希德等，來自一百七十九個國家、地區的代表，和各國駐日本的大（公）使，以及日本各界的代表，大約六千人參加。日本天皇、皇后特別代表、皇太后代表最先行禮，然後由皇太子伉儷、文仁親王（平城天皇次子）伉儷、清子內親王（昭和天皇長女）、正仁親王（昭和天皇次子）、寬仁親王（三笠宮公子弟弟）等皇族依次獻花。

外國代表第一位獻花的是美國總統柯林頓、各國元首、副元首、首相、副首相、外相等等，依唱名順序獻花，但我國代表團未被唱名，被冷落。為此，回國後，我曾在『自由時報』投書，對日本當局表示不滿。這是日本外相河野洋平討好中共所造成的結果，而其表面上理由是說因其與我國沒有邦交關係。

六月二十五日，日本舉行大選，小淵次女優子以十六萬三千九百九十一票，壓倒對手山口鶴男的三萬五千七百六十九票，光榮當選。隔日早晨，我與小淵夫人及優子通電話，恭賀優子當選。優子說，她很希望早日與我見面。我告訴她，九月初，我將帶領中國文化大學日本、政治、歷史三研究所學生到日本旅遊，屆時當去看她。

優子與乃父一樣，首次當選眾議員，是二十六歲四個月，她將進駐其父親的眾議員辦公室，秘書也都是原班人。希望優子繼承父親遺志，在日本政壇活躍，為日本這個國家社會貢獻心力。

（原載二〇〇〇年七月十六日『中央日報』）

·前日本首相小淵惠三　平凡先生也有不平凡處

陳鵬仁

最近病倒剛卸任日本首相的小淵惠三，於一九三七年六月二十五日，出生於群馬縣吾妻郡中之條町。

出身貧苦畢業於早稻田大學英文科

一九一〇年冬天，小淵的祖父信平和祖母基吉（日語音譯），從靠近新潟縣但仍然屬於群馬縣的吾妻郡參村蟻川，因無法還債，幾乎等於半夜偷搬到中之條。當時他祖父全家七口，住在一間六張榻榻米和一間三張榻榻米的房子，既沒有洗澡堂也沒有廁所。由於生活極端困苦。所以她祖母曾經想過要全家一起自殺。

唯因小淵父親光平非常堅強和爭氣，從七歲時就開始幫忙家事，同時送報、賣納豆、修理鋼筆等等，凡是能做的他都做。他父親從沒睡到太陽出來。一九二八年二月十一日，他父親二十一歲時，創立了小淵商店製絲所。這所公司後來改名為光山社。一九二九年，光平與關千代結婚，育二男二女，小淵排名老三，因而命名「惠三」。

小淵進中之條小學，念中之條初中時轉到東京的學習院中學。如所周知，學習院在戰前是貴族學校，戰後改為私立。可能因為小淵父親只是小學畢業，覺得念好的學校很重要，才讓小淵轉到學習院中學。

學習院中學畢業後，小淵考上成立不久的東京都立北高等學校（高中）。高中時代的小淵，愛讀文學，尤其喜歡太宰治的作品，因此畢業高中兩年以後才考上早稻田大學的英文科。他進早稻田大學的一九五八年夏天，他父親因腦溢血去世，享年五十四歲。

因緣際會從一尊不倒翁談起

現在，我想來寫寫小淵與我的點點滴滴。

日本國會議員的選舉，每一位候選人都要在他（她）的競選總部，擺一尊很大的不倒翁，買回來後，要先在眼點眼睛，當選後在點上另外一個眼睛，以為慶祝。一九六三年小淵第一次競選和當選時所用的不倒翁，是我和他以及幾個朋友，到高崎的少林寺去買的。記得那是一九六二年的過年，冷得不得了，是深更半夜去的，尤其過那座大橋去少林寺時，真是凍得要命。

一九六三年一月，小淵出發世界一周旅行，第一站前往臺灣，我介紹老友林鶴壽君去陪他。小淵在臺北住重慶南路一段的成功湖旅館。鶴壽君告訴我說，他曾陪小淵去臺中霧峰拜訪早稻田大學的前輩，省議會議長黃朝琴，並在省議會門口照了一張橡。小淵告訴我，他也曾訪問過合作金庫理事主席謝國城。黃朝琴是我們臺南縣的大前輩，謝國城曾首次擔任少棒的總領隊，在美國威廉波特我認識他。鶴壽還告訴我說，後來他到東京，打電話給小淵，小淵還帶他到小淵位於東京王子的家住了一晚呢！小淵真是不忘恩的一個人。

說到王子的小淵家。它的面積大約有二百七十坪，是他父親買的。建築物是兩層樓，院子相當大。我在紐約，經過東京回台北時，也住過一、二次。那時，小淵夫人還特地用信封，裝了一萬、五千、一千、五百、一百的鈔票，一共五萬圓給我做零用。可見小淵夫人用心之細。

一九八六年元月十六日，我回國服務時，當天小淵及其夫人特別抽空前來羽田機場相送，行前小淵還送我五十萬日幣，以為餞別。日本人對於遠行的親朋好友，有送「餞別」的風俗習慣，平常都送一千、兩千，多時一、二萬。我對小淵對我送那麼多的餞別，終身難忘，非常感謝他和夫人。

三年前，我由東京大學獲得國際關係學博士學位時，小淵請我吃飯，並請五位與我很要好的眾參議員（眾議員、現任農業水產大臣的玉澤德一郎、曾任法務大臣的參議員前田勳男、曾任外務政務次官的參議員武見敬三、參議員佐藤道夫和山崎力），小淵夫人千鶴子還送我十萬日圓，以為祝賀。我真是感謝小淵伉儷的盛情厚意。

曾與蔣孝武在圓山飯店吃飯

有一次小淵來臺灣訪問時，蔣孝武請他在圓山飯店吃飯。剛好我回國參加僑委會駐外人員會議（當時我任亞東關係協會東京辦事處僑務組長）住在北投僑園。蔣氏秘書來電話說，我是小淵的好朋友（這是馬樹禮先生告訴蔣氏的），要我一定參加這個餐會。作陪的有李煥、宋時選、宋楚瑜、白萬祥、馬英九等諸位先生。繼蔣氏致歡迎詞之後，小淵致謝詞，第一句話說：「我所以有今天陳鵬仁先生的功勞很大」，但擔任口譯的故意沒有把這句話口譯出來。

一九五二年春天，我擔任留日同學有史以來第一駕包機回國訪問團團長回國，該時曾經承蒙救國團招待，住訪花蓮。在花蓮我買了一幅用貝殼作的老虎畫，我在畫上用毛筆寫上「勇往邁進」四個字，拿去送給小淵，小淵把它掛在他的議員會館辦公廳相當長的一段時間。

我還在紐約時，記得是一九六七年夏天，小淵前來美國訪問到紐約，日本駐紐約總領事館招待小淵吃飯時，請我作陪。飯後到我家，同時到哥倫比亞大學和河邊公園散步，談得很多，很愉快。

大約二十年前的冬天，陳履安先生擔任中國國民黨中央委員會副秘書長，負責政黨關係來日訪問時，馬樹禮代表要我約小淵，我們四個人到東京近郊的「三百人俱樂部」打了高爾夫球。

小淵的球技，跟我差不多。不過我首次拿球桿，是跟小淵到他家鄉中之條一個店裡的練習場，是他教我打的。這應該是三十九年前的事情。

民調小淵殿後顯然與事實不符

三年前的三月三十一日，我到東京時，欲去為小淵母親掃墓，因小淵母親於前一年去世。本來小淵夫人要陪我去，後來由其叔叔岩太郎陪我前往。到了小淵老家，他哥哥光平（繼承父親名字，成為第二代小淵光平）親自開車，我們三個人去祭拜小淵父母墓。然後去參觀小淵哥哥的町長辦公廳。最近，他哥哥第二次當選中之條町長（鎮長）。

當天晚上，由他哥哥自己開車，我們三個人前往穗高溫泉住了一晚。那天晚餐極為豐盛，他哥哥和叔叔喝了不少酒。第二天四月一日是中之條町新進職員開始上班的一天，故他哥哥一早就先回中之條，以便對新職員講話；我和岩太郎叔叔則參觀了水白博物館等之後，他叔叔送我到新幹線車站，我一個人先回東京。

一九九八年七月，參議員選舉，自民黨大敗，首相橋本龍太郎負起政治責任下台，自民黨改選總裁，我斷定第一輪投票，外相小淵可以當選。我在國內報紙寫了好幾篇文章都這樣說，在好幾個電視台的節目裡我也這樣表示。飛碟電台的周玉蔻在電話訪問我說，日本報紙的民意調查小淵是最後一名，你為什麼說小淵一定會當選，我回答說：「民意調查是狗屁。這些被調查的根本沒有投票權。」

關於小淵當選自民黨總裁和首相的種種，我在報紙上已經寫了很多，不再重複，現在要說的是，目前，擔任小淵智囊之一的川勝平太教授，於三年前在慶應大學舉行第三屆近百年中日關係學術研討會時，在台上跟我坐在一起。他特別喜歡我所報告「日本對汪精衛工作」的論文（日文），他希望我能同意他將這篇論文作教材。

而川勝與小淵認識，乃由於小淵發表就任首相演說時，川勝同意小淵使用川勝書上「富國有德」這句話。日本明治時代的口號是「富國強兵」；今日日本自不宜再使用「富國強兵」，乃改用「富國有德」希望日本往富而有道德的國家這個目標邁進。這是對的。

夫婦二人體貼細心有緣知心四十一年

我尊敬的英國文學家、政論家福田恆存去世，我特地趕往東京青山葬儀場參加告別式，與作家阿川弘之、前東京大學校長林建太郎、參議院議長原文兵衛、東京大學名譽教授西義之等人在一起。在會場碰到當時擔任自民黨副總裁小淵惠三，他見到我說：「我相信你一定會來參加」。福田夫人覺得很奇怪，小淵副總裁怎麼會來。原來，福田先生是我介紹給小淵的，小淵非常敬佩和喜歡福田恆存。此時，日本著名的文學雜誌『文學界』總編輯寺田英視，請我寫一篇關於福田先生的文章。我回國後馬上寫了「我對福田恆存先生的回憶」，刊登於一九九五年二月號的該雜誌。

前兩年，在臺北舉行了有關報業的國際會議。日本『產經新聞』論說委員長（總主筆）吉田信行，陪其社長前來開會。會後故宮博物院秦孝儀院長請他們吃飯，我應邀作陪。在餐會上，吉田說，七年前他還在擔任產經新聞社臺北分社社長與我餐敘時，對於我說在不久的將來，小淵會出任首相，以為我在開玩笑，……。

小淵還在念早稻田大學時，有時候穿著制服跟我出去，我帶他去東京築地華僑大廈（很老舊的大樓）的信光貿易公司，見過當時的社長徐朝琴和副社長李寬然。徐、李兩位以後看到小淵當選眾議員，並且步步高升，非常高興。

我還記得，我與小淵去過位於東京車站，離八重洲出口不遠的建物大廈找他另外一位叔叔。小淵沒告訴我這位叔叔叫什麼名字。這位叔叔滿威嚴的，不大說話，每次去，小淵的叔叔都給他用信封裝的零用錢。

在小淵還沒有當選國會議員以前，在一次餐會，我背了日本流行歌「支那之夜」的台詞給他聽。他喜歡得不得了，並希望我寫給他。因內容有戰爭的味道，所以當時我沒有寫。這個台詞相當的長，而且很感人。難怪小淵那麼喜歡。去年十二月底，我回憶過去，想起這一件事，逐把它寫出來，大約五、六百字，寄到首相官邸去給他。

平凡先生的三大不平凡處

以上，我拉拉雜雜地寫了我與小淵交往的大致經過。想到哪裡寫到哪裡，沒有一個系統。我與小淵認識，完全是一種機緣，是一種緣份。我認為，小淵所以能夠出任首相應該是由於以下幾個原因。

第一，他當選眾議員以後，參加了執政黨自民黨的最大派閥；佐藤榮作派、田中角榮派和竹下登派。在日本政壇，要出人頭地，如不參加大派閥（派系），幾乎是不可能的。小淵始終在自民黨最大派閥，與權力中心最靠近。

第二，他的做人圓融，絕少與人為爭位子正面衝突，故人緣好，沒有太多敵人，能接受人家的意見；協調能力強，所以能獲得同仁們的擁護。他是小淵派領袖（會長），但他卻讓小淵派副會長橋本龍太郎先出任自民黨總裁和首相。

第三，在政治手腕上很虛心，他請曾任首相的宮澤喜一出任他的閣員（大藏大臣即財政部長），和邀請經濟問題專家堺屋太一出任內閣經濟計畫廳長官（相當於我國行政院經建會主委），顯示他的政治智慧。

今年九月十九日，日本眾議院議員的任期將屆滿。小淵首相正在那裡思考何時解散眾議院辦理改選對自民黨最有利。有一說是本年度預算案通過後，前首相中曾根康弘持這種看法；但我認為七月底沖繩先進七個工業國家首腦會議以後的可能性比較大。

總之，今年的大選結果將決定小淵內閣的命運，如果獲勝，小淵內閣當然會穩如泰山，如果敗戰了，只有「鞠躬下台」。我深信：日本選民一定會給小淵內閣很大的支持，因為這一年七個多月以來，小淵內閣的表現，有聲有色，可圈可點，尤其將近十年停滯的日本經濟，已經漸有起色，曙光在望。

我對於在日本的日本朋友和來臺灣觀光的日本人，經常都說些小淵內閣的所作所為，並請他們支持小淵內閣，他們都欣然同意予以支持。我希望我老友小淵惠三，憑持他剛當選眾議員當時我送給的三句話：誠實、謙虛、果斷，繼續奮鬥下去，為日本創造更光輝的明天。

我特地於四月四日趕往東京探望他的病況，但他已意識不明，陷入昏迷狀態。因已經過將近二十天，恐怕會變成植物人，真是「作事在人，成事在天」。

（原載二〇〇〇年五月八日『中央日報』）。

國家圖書館出版品預行編目資料

佐藤寬子的宰相夫人秘錄／ 譯者：陳鵬仁 --初版--

臺北市：博客思出版事業網：2016.4

ISBN：978-986-5789-84-8（平裝）

861.67　　　　　　　　　　104025802

現代文學系列 27

佐藤寬子的宰相夫人秘錄

著　　者：佐藤寬子

譯 著 者：陳鵬仁

編　　輯：高雅婷

美　　編：常茵茵

封面設計：林育雯

出 版 者：博客思出版事業網

發　　行：博客思出版事業網

地　　址：台北市中正區重慶南路1段121號8樓之14

電　　話：(02)2331-1675或(02)2331-1691

傳　　真：(02)2382-6225

E—MAIL：books5w@gmail.com或books5w@yahoo.com.tw

網路書店：http://www.bookstv.com.tw　http://store.pchome.com.tw/yesbooks/

華文網路書店、三民書局

博客來網路書店 http://www.books.com.tw

總 經 銷：成信文化事業股份有限公司

電　　話：(02)2219-2080　傳真：(02)2219-2180

劃撥戶名：蘭臺出版社 帳號：18995335

香港代理：香港聯合零售有限公司

地　　址：香港新界大蒲汀麗路36號中華商務印刷大樓

C&C Building, 36,Ting, Lai, Road, Tai,Po, New,Territories

電　　話：(852)2150-2100　傳真：(852)2356-0735

總 經 銷：廈門外圖集團有限公司

地　　址：廈門市湖裡區悅華路8號4樓

電　　話：86-592-2230177　傳 真：86-592-5365089

出版日期：2016年4月 初版

定　　價：新臺幣320元整（平裝）

ISBN：978-986-5789-84-8